凡塵摯愛

王瓊玲劇本集

王瓊玲 著

三民書局

《齊大非偶》

▼**亂倫殺夫** ——魯桓公（趙揚強飾）、文姜（顏雅娟飾）

▲**天各一方** ——左至右：齊襄公（臧其亮飾）、文姜（顏雅娟飾）、魯桓公（趙揚強飾）、蒹葭（陳秉蓁飾）、鄭太子忽（李家德飾）

◎圖片來源：國立臺灣戲曲學院

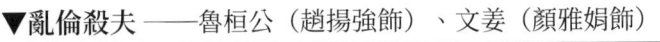

《駝背漢與花姑娘》

▼**三小無猜**——左至右：小花妹（劉姿吟飾）、小田哥（陳怡如飾）、小次郎（劉錦洲飾）

▲**地缺配天殘**——花妹（陳芝后飾）、田哥（陳思朋飾）

《一夜新娘一世妻》

▼**致敬臺灣牛**——左至右：阿順伯公（陳思朋飾）、春妹（陳芝后飾）、阿桐（陳怡如飾）、邱信（蘇國慶飾）

▲**望風亭悲喜**——春妹（陳芝后飾）、邱信（蘇國慶飾）

◎圖片來源：榮興客家採茶劇團

《花囤女》

▼**二玉相合為一珏** ——嬌妹（陳芝后飾）、香妹（吳代真飾）

▲**風刀霜劍我承當** ——滿福（蘇國慶飾）、香妹（吳代真飾）

◎圖片來源：榮興客家採茶劇團

《寒水潭春夢》

▼**悔恨交加** ——由左到右：少年良山（張心怡飾）、耕土（米雪飾）、林水源（張秀琴飾）

▲**痛擁慈母** ——由左到右：耕土（米雪飾）、中年良山（張秀琴飾）、春花母（張麗春飾）

▼**往事歷歷** ——中年良山（張秀琴飾）

▲**寬恕與救贖** ——由左到右：中年良山（張秀琴飾）、春花母（張麗春飾）、耕土（米雪飾）

◎圖片來源：秀琴歌劇團

序王瓊玲劇本集《凡塵摯愛》

——兼論歷史劇、鄉土劇之編撰

中央研究院院士、臺灣大學特聘研究講座教授、世新大學講座教授　曾永義

西元七、八〇年代，我奉屈師翼鵬（萬里）之命，在東吳大學中文系兼任，開設「戲曲選」課程。學生們常常自備佳餚，邀我和登山、哲夫、啓方赴宴。師生們沒大沒小的舉盞揚杯，不知夜已闌；有時更不醉無歸。後來，學生路寒袖（王志誠）成為臺灣名詩人，任職高雄文化局長，還幫我接待北京中國藝術研究院《崑曲大典》編委訪問團。王瓊玲近十年來成為我新編崑京戲曲劇本的夥伴。

到目前，瓊玲已和我合編四本京崑劇本。其《韓非、李斯、秦始皇》收入二〇一五年傳藝中心為我出版、國家出版社發行的《蓬瀛續弄》，原訂今年（二〇二一）六月二十六、二十七兩日，由臺灣戲曲學院京崑劇團假國家戲劇院演出；因新冠疫情，只好延至明年五月。近日，三民書局出版瓊玲和我合編的《人間至情》，含京崑劇本三種：其《卓文君與司馬相如》為京劇，本已預定今年三月間在臺北城市舞臺演出，因劇團難以承擔短期內既演出《韓非》又演出《卓文君》，所以明年再議。其崑劇《二子乘舟》與《雙面吳起》，分別於二〇一八年十一月九至十一日在城市舞臺，二〇一九年四月二十六至二十八日假臺灣戲曲中心，皆由臺灣戲曲學院京崑劇團首演。

而今，瓊玲又將她獨力編撰的京劇《齊大非偶》，客家精緻大戲《駝背漢與花姑娘》、《一夜新娘一世妻》、《花囤女》，歌仔戲《寒水潭春夢》等五種，匯集為劇本集《凡塵摯愛》，仍由三民書局出版。

其京劇由戲曲學院京崑劇團於二〇一八年三月三十一日假城市舞臺；客家精緻大戲由榮興客家採茶劇團分別於二〇一七年十一月四至五日在國家戲劇院、二〇二〇年六月二十八日於臺灣戲曲中心大表演廳、二〇二一年八月十五日於臺南市立文化中心首演後，巡迴全臺演出。歌仔戲由秀琴歌劇團，於二〇一九年七月五至七日在大東文化藝術中心首演。

縱觀瓊玲和我合編及她獨創的戲曲劇本，有兩種類型：一是從史傳取材，一是從鄉土蒐羅。前者含有我倆的共識，後者全憑瓊玲一己的能耐。

因為先前有了合編《韓非、李斯、秦始皇》歷史劇的經驗，大抵瓊玲在獨力完成《齊大非偶》時，仍依循前例。首先選擇史上大事件，大家耳熟能詳的情節，立下旨趣，運用虛實，見縫插針；再講求戲曲之明快緊湊，曲辭之雅俗兼宜，人物性格分明，排場變化新穎，科諢機趣自然；濟以現代劇場之聲光電化與虛擬象徵之舞臺藝術，以求其可觀可賞，可省可思。

譬如《齊大非偶》，在《詩經》一而再、再而三的被吟詠，在《春秋》、《左傳》、《公羊傳》、《史記》被爭相記載。「齊大非偶」也成為古今日用成語。有了這故事題材，瓊玲發掘其所以「齊大非偶」而又「偶非偶、非常偶」的底蘊以引人入勝。但都先做探索原典的笨拙功夫：將相關原始文史資料，按年繫事，以掌握歷史脈絡之大筋大節，使敘事有條不紊。其次再立下可使當今觀眾生發之新題旨。從而於無處而可生有之處，構設敷演人同此心、心同此理之情境，使之生動如在眼前。

可見瓊玲在編撰歷史劇，起步笨拙，卻「有憑有據」，使古人精神面貌，宛然可睹；使當時場景重新再現。因為既是歷史劇，編劇人不是身處元雜劇的時代，豈容「胡天胡地」！今日民智大開，我們對待歷史人物，也不能使人像陸放翁那樣感歎「身後是非誰管得，滿村聽唱蔡中郎」。所以掌握歷史主軸，不違背歷史的真是真非，不扭曲歷史人物的原本面目，並適當的加油添醋以投合現代觀眾脾胃。以上諸多功夫，自有待於編劇者正確的史識認知和生花的靈思妙筆，此正是編撰歷史劇的不二法門。

因此，《齊大非偶》的情節創構，瓊玲遵守了歷史的筋節脈絡，如：齊襄公和同父異母妹文姜亂倫私通長達二十六年；鄭太子忽兩度辭婚於齊，率兵助齊逐退北戎入侵，因兄弟爭位而奔衛四年。魯桓公與夫人文姜入齊會襄公，魯桓發現並怒斥文姜兄妹亂倫，導致齊襄指使公子彭生「拉殺」魯桓於其車乘之中，都與史事若合符節。但也有因關目布置所需而將史事略作牽合及時空易位的，例如：把魯桓與文姜婚事延後三年，又將鄭忽兩度拒婚歸併在文姜身上，以強化文姜傾慕鄭忽允文允武而不可得，在愛情上的失落與悲憤。又如將鄭忽質於周轉移於齊，以便與齊襄、文姜間有段裘馬豪興和感情糾葛的情節。更有為劇情的對比省思和結尾的縹緲餘韻，而有意刪節史事的。譬如鄭忽即位為昭公，甫三月，即逃亡入衛，四年後返國復位五個月便被殺；文姜則在鄭忽死後五年才去世。劇中則止演至鄭忽入衛，省去往後史事；以便在劇中為鄭忽「補恨」，使之「圓滿」於當場；並為文姜發掘幽微的心靈，使之宣洩長年亂倫的悲涼。

而瓊玲之擅於「見縫插針」以填補情節，渲染意境，則發想於鄭忽入衛那四年，那四年於史無書。於是她虛構了「蒹葭」這位靈魂人物，取《詩經》「秋水伊人」之旨，用她來和文姜相互映襯，並作為鄭忽的愛情歸宿；使她在首場〈邂逅驚豔〉中就與文姜為知交的姊妹行；在次場〈射箭吟詩〉中，與鄭忽間有極為雋永的對答與唱和；更使她在第三場〈退戎救齊〉中，發揮刀馬旦的絕藝，以「做打」來調劑排場。為了「調劑排場」，瓊玲也虛構三位丑角人物，一位是鄭忽侍從兼馬伕「郝愛吃」，一位是齊襄的侍從兼馬伕「吳仁義」，另一位是文姜的貼身婢女「賈可愛」。他們都以姓名見其為人，由他們三人在適當時機插科打諢，使人忍俊不禁，活絡氣氛。

至於四場〈齊大非偶〉、五場〈齊魯聯姻〉、六場〈亂倫殺夫〉，則大大見出瓊玲剪裁、點綴史事的高超技法，幾於天衣無縫。而七場〈奔衛團圓〉也巧妙的藉助鄭忽和郝愛吃的機趣問答，交待齊襄被弒、魯莊即位、鄭國爭立的史實，將支離紛雜的事件，簡單輕易的帶過，而集中筆力來描寫鄭忽與蒹葭「死生契闊，與子成說；執子之手，與子偕老」的愛情誓言。

對於戲曲題材的運用，我曾經以「虛」、「實」為基準，分作四種類型：「以實作實」、「以實作虛」、「以虛作實」、「以虛作虛」，如果以此四類型來衡量瓊玲的《齊大非偶》，那麼上述之四、五、六三個場次，便是運用了「以實作虛」的手法，而首場、次場、三場，和尾聲〈天各一方〉便是運用了「以虛作實」的竅門。

再就瓊玲創編的鄉土地方戲曲來觀察，她所用的手法如「笨拙功夫」、「統理剪裁」、「設身處地」、「發其潛德幽光」，基本上和所編的歷史劇沒有兩樣。但更多的是由她自小生活的環境背景所嵌入骨髓的鄉土情懷，從其微不足道的小人物身上，所遭遇的種種無奈迫害而產生的愛恨情仇，來展現在特殊時代中活生生的歷史真相。這種真相，絕非史家所正視、所顧及；而它卻是社會變遷中最使人驚心動魄、感慨涕零的寫照。

瓊玲出生嘉義縣梅山鄉太興村，那裡有「萬鷺朝鳳」的國際奇觀；有「太平雲梯」俯望嘉南平原、遠眺澎湖列島；有清水溪、寒水潭、大尖山、馬鞍山、牛薩腳和先人走過的汗路、早春盛開的梅林。她家裡食指浩繁，她生性活潑，排行老么第八，有「王半斤」、「長腳蚊」、「烏肉雞」之諢稱。為了協助家計，小時候她賣過春聯、做過女工、讀大學時打工當過公車的隨車服務員。其父則是隱居的寒儒，鄉人尊稱之為梅山十八村的「公道伯」。瓊玲即在這種風光勝境及家世背景下成長，自小「有耳無嘴」的旁聽父親裁決勸導村里人物間的是是非非，養就了她聽故事、說故事的能力；如此加上濃厚的鄉土浸染，考上東吳中文系之後，走上文學創作之路，也就積漸而成為她寫散文、小說、劇本的素材。

而瓊玲創作鄉土小說如《美人尖》、《駝背漢與花姑娘》、《一夜新娘》、《待宵花》與地方戲曲劇本，無不從田野訪查著手。她周旋於三叔公、四嬸婆、七爺爺、八奶奶之中，聆聽他們平凡生命的艱苦歲月與奇聞異趣，探索他們心路、體會他們心靈，與他們同悲同喜，同笑同哭；然後再靈活的運用小說章法、雕龍畫鳳的妙筆，寫出入木三分、感人十分的名著；用設身處地、營造排場、反映現實人生的戲曲修為，使觀眾感同身受。她的小說風行海內外，譯成外語，使英國讀者長信致意；使日人重睹亡妻和服而號啕；使寒水潭春夢的當事人啜泣痛悔的提供往日失足的細節；也使年邁期頤的「花姑娘」現身國家戲劇院。她的劇作不止本本演出，使現場觀眾如臨其境，爭相訴說同樣的鄉土遭遇，更有多種作廣播劇連續播出，影響層面亦復不少。如此一來，她於文學創作就兼跨散文、小說、劇作三界。其散文集有《人間小小說》、《人間小情事》，我讀來清新韶秀，善於寫景寫情，要言不煩的描繪人物，甚為雋永可喜；她的學術研究以清代長篇小說《野叟曝言》起家，是海峽兩岸全面研究「才學小說」的起始，而且沛然有成，蔚為主脈；其文獻上女兒國之探討，亦為論者所稱許。若此，則瓊玲堪稱才學兼具矣！她春秋尚富，將來必更有大成就。

二〇二一年八月十九日傍晚曾永義於臺北森觀寓所

凡塵摯愛
王瓊玲劇本集

新編客家精緻大戲《駝背漢與花姑娘》

新編客家精緻大戲《一夜新娘一世妻》

新編客家精緻大戲《花囤女》

新編歌仔戲《寒水潭春夢》

新編京劇《齊大非偶》

編劇：王瓊玲

製作演出：國立臺灣戲曲學院附設臺灣京劇團

偶非偶，非常偶
——新編京劇《齊大非偶》的發想與創構

國立中正大學中文系教授　王瓊玲

時下流行兩句順口溜：「不是你的菜，別去掀鍋蓋；不是你的愛，千萬別倚賴。」這樣生動逗趣的話，頗可以說明「齊大非偶」的若干涵義。但是，若深入成語的典故，凝視動蕩的歷史，則可發現「齊大非偶」，不只是婚戀時門戶對不對等的表相議題，更是人性複雜的多層面難題。

長年以來，我愛史傳也教史傳，注意到：「齊大非偶」的史事，在《詩經》中被吟詠；在《春秋》、《左傳》、《公羊傳》、《史記》中被載錄。詩人、孔子、左丘明、司馬遷，皆因事關歷史大局而不得不言；卻又因牽涉到政治惡鬥、人倫醜聞而欲言又止。

前人的「不得不言」、「欲言又止」，正留給後生晚輩無限的創發空間。所以，繼與恩師中研院院士曾永義教授合編〈新編崑劇【韓非．李斯．秦始皇】〉之後；我再應國立臺灣戲曲學院附設臺灣京劇團之邀，進行【齊大非偶】京劇的編撰。

我習慣將文史資料蒐集齊全之後，先著手編年繫事。盡可能掌握住歷史脈絡，再用心找出可以「見縫插針」、「擴寫事實」、「虛擬改創」的地方。期求在劇本中：要有歷史的厚度、不要有堆砌的重度；要有創發的靈巧、不要有空幻的亂相；既體察前人的迷障，又追求現代應有的反思。

所以，史事中有疑義處、模糊處、爭論處，正是編劇時可以天馬行空的發想處。例如：舉世公認的淫邪女子——齊公主文姜夫人，與兄齊襄公亂倫、謀害親夫魯桓公，照理說應該要遺臭萬年，可是，為何決定她一生功過、死後所追贈的諡號，卻是讚譽有加的「文」？這是千古以來，眾說紛紜的疑案了。

又如：鄭太子忽出征，掃平北戎之亂，功在齊國，卻為何拒絕通婚結盟？還甩了齊國一個耳光，說出了「齊大非偶」這句既謙遜又嚴峻的託詞？且鄭忽兩度拒婚的對象，難道都是文姜嗎？

而鄭忽從小看到父親鄭莊公，巧設連環計，追殺叔父、囚禁祖母——「鄭伯克段於鄢」這場骨肉失和、手足相殘的慘烈戰爭，會不會烙下他疼痛的傷痕？啟發他一生的警惕？是否也因為此事，他才視富貴如浮雲、棄權勢若敝屣——即位甫三個月，便拋棄鄭國江山，遁逃隱居於衛國四年。漫漫四年中，可有紅粉知己相慰相伴？

齊襄公一向惡名昭彰，被史家直斥為無道昏君。但是，這麼一個壞到骨子裡去的「獨夫」，竟然深深鍾情於妹妹文姜，亂倫糾纏了數十年；甚至，只因為妹妹的哭訴，就甘冒天下之大忌諱，殺了妹婿魯桓公。獨夫固然可恨，可他的內心，又是怎樣的一個世界？

文姜的一生，翻騰於慾海情天，引發了齊、魯、鄭三國的政治海嘯。她被鄭太子忽拒婚，心靈與聲譽是否遭受嚴重打擊？她痴戀自己的哥哥齊襄公，卻偏偏嫁了一個弒兄篡位的魯桓公。她是不是一生都遇人不淑，積壓了滿腔的憤懣，才會有豁出去的倒行逆施？

魯桓公呢？他是否從小就內心惶惑，強烈的缺乏安全感？他聽信讒言，弒兄魯隱公，奪取大權。在內不附、外無援的狀況下，為了鞏固權位，不得不攀附強鄰、聯姻齊邦。可是，齊魯緊緊相鄰，他難道沒聽過那對兄妹的流語蜚語？娶過來的文姜，既是強國的金枝玉葉，會不會就任性跋扈，罹患了無藥可治的「公主病」？才逼得他違反「公主出嫁，終身不回娘家」的禮制，帶妻子回齊國？這一回國，兄妹相逢，乾柴遇烈火，一場腥風血雨的謀殺案就發生了。

一連串的孽緣，造成了怨偶難偕，引發了家庭悲劇；可怕的蝴蝶效應，又牽動了國際動亂。是因為這樣，「齊大非偶」才成為警世的成語嗎？這樣的認定，會不會再度簡化了歷史、輕忽了人性？何況，再怎麼可恨可惡之人，是不是也有可哀、可憫之處？

文獻的可疑處、爭論處，讓我在編寫劇本時，有了發想處、創作處。因此，嘗試著出入史料，婉轉發掘，擴寫事件的來龍去脈，描繪人物的幽微心靈，把掙扎在歷史泥淖中的主角，請到大舞臺上，重演一遍愛恨交織的人生。讓他們直接向觀眾訴說真相、傾吐祕辛，看能不能迸射出一些火花，讓過去與現在，都多了一點亮度與溫度。

再進一步思索，造成良偶或怨偶的因素很多，除了命運與環境之外，最重要的應該是：有沒有真心、敢不敢犧牲、要不要改變、願不願追尋、能不能守護……哪裡只是國力強不強大，門戶相不相當的問題？

所以，我再次運用了「曲中紅粧，點綴青史」的技法，把《詩經》中「所謂伊人，在水一方」的千古佳人，虛擬成嬌俏、活潑、熱情、能文善武的齊國少女——蒹葭。以她來串連史事、增彩舞臺。讓「父兄嬌養不驕縱」的平民女，映照困在「宮闈爭鬥心憂結」的齊公主；更讓素樸、甜美又剛直的少女情懷，啟動了齊太子（齊襄公）的占有欲，也匯聚了鄭太子忽的真情意。

一場〈射箭吟詩〉的情節，讓蒹葭與鄭忽，在浪漫的春日春景中，打破了平民與貴族的藩籬，深情的互訴心衷。〈退戎救齊〉的一幕，讓生死與共的兩人，在殺聲震天的戰鬥中，進一步體驗出：互救互持、不離不棄，才是愛情的真諦。而舞臺上的刀馬旦、文武生，也可以藉由這兩幕劇情，淋漓展現「臺下十年功」的硬底子，演出清麗的唱腔、纏綿的身段、激烈的武打。

退敵立功之後，蒹葭為了護守真情、追求圓滿，甘心遠離故鄉，避禍於衛國。而厭倦政治惡鬥，一往情深的鄭忽，明知未來道阻且長，也必然溯游溯洄，從之不悔的。所以，雙線進行的情節，在「偶非偶」的憾恨殘缺之下，也推衍著「非常偶」的美好冀望。

因此，窺探史事的縫隙，虛擬事件與人物，以進行對比、寄託反思，是創構劇本時，另一個努力的方向。然而，拆合史書的記錄、縮展時空的差距、閃現古今觀點的分歧，則往往要倚賴舞臺上「綠葉角色」的付出了。

劇情中，刻意創造了丫鬟賈可愛，馬伕吳仁義、郝愛吃三人，期許三位丑角的穿科打諢，在嚴謹、扎實的傳統劇場中，能發揮活潑、潤滑的靈動作用；也讓綠葉角色的坦率與天真，逼得主角們遮遮掩掩的靈魂，必須一個個現形出來。

此外，公子彭生也是重要的綠葉角色，他承接齊襄公的命令，暗殺魯桓公。魯桓公自知大限已到，驚恐萬分時，問了彭生一句：「你、你、你……要如何殺我？」彭生說：「待殺你時，你便知了！」這麼冷血的回答，當然引起魯桓公的悲憤：「彭生呀彭生！今日你殺我；他日，齊侯也必殺你。」公子彭生不服：「我為齊侯賣命，他怎會殺我？」魯桓公答他：「待殺你時，你便知了！」如此設計，是期望對白中展露機鋒，配合舞臺逼真的演出，讓照眼的翠綠，更彰顯紅花之美；順勢也推動了繁複的劇情，進行人性的反諷。

傳統戲劇原本就美不勝收，但是，一進入大型劇院，就不能只是一桌二椅的精簡，必須有聲光化電的融匯。唯有結合文學、藝術、科技三大領域，成為渾然又自然的一體，才會有精彩的呈現，也才能吸引不同年齡層的觀眾。很榮幸的，《齊大非偶》是臺灣京崑劇團的民國一〇六年的年度大戲；並且是國立臺灣戲曲學院，慶祝創校六十周年的盛大活動之一。因此，劇團中，老幹新枝，精銳盡出：趙揚強、臧其亮、顏雅娟、陳秉蓁、李家德等，全部卯起來磨戲、飆戲。導演閻倫瑋、編腔宋士芳、作曲配器呂冠儀、影像設計王奕盛、燈光設計李俊餘……個個都是一時之選。主創群、演員、幕前幕後所有人員，各司其職、各盡所能，就是期待《齊大非偶》，能夠淬練成型，展現曲藝之美、探索多變人性，並且獲得觀眾的支持與鼓勵。當然，我們也一定秉持誠敬之心，接受四面八方的批評與指正，做為不斷改進與奮進的動力。

二〇一七年三月三十日

序於臺北城市舞臺首演前夕

人物表

1. 鄭太子（文武生）：姓姬名忽（通稱「鄭太子忽」、「鄭忽」）。謚號「昭」，史稱鄭昭公❶。個性謙遜、文武合一，善軍事、情專一。愛蒹葭，以「齊大非偶」拒絕文姜。後，禪位奔衛，與蒹葭團圓。
2. 齊太子（淨）：姓姜、名諸兒，即後來的齊襄公。無道昏君。與妹文姜亂倫，殺魯桓公，後被弒身亡。
3. 蒹　葭（刀馬旦）：齊國民女，文武合一。與鄭太子忽相戀，兩人退戎救齊。後隱居衛國，以待鄭忽。
4. 文　姜（旦）：齊僖公之女，齊太子（齊襄公）之妹。謚號「文」，名不傳。亂倫殺夫。
5. 魯桓公（生）：姓姬名允，弒兄魯隱公篡位。娶文姜，攜妻至齊國，綠帽罩頂，被殺身亡。
6. 郝愛吃（丑）：鄭太子的侍從兼馬夫。
7. 吳仁義（丑）：齊太子的侍從兼馬夫。
8. 賈可愛（貼旦）：文姜婢女。
9. 齊公子彭生（淨）：大力士，受命於齊襄公，殺魯桓公。
10. 大良、少良（淨）：北戎二大將。率軍侵齊，被鄭太子忽與蒹葭合力敗擒。

---

❶ 劇本敘述中，為避免人物混亂，故採用正史之謚號，如：魯桓公、齊襄公、文姜、魯隱公……等。對白中，除非劇中角色已死，否則不稱其謚號。

序曲

（幕後唱〈序曲〉時，可投影《左傳》、《史記》史書篇文，以及遊春、仕女、青銅器、聚宴、戰亂、山水國畫、京戲扮相……等影像。）

幕後（唱）：

序曲：

《史記》文　《春秋》筆　載不完人間情事，
紅氍毹　菊部臺　訴難盡文史珠遺。
危脆心　纏綿意　禍福相倚自悲喜，
留與那　茶飯後　撫今古且歎且疑～～且歎且疑。

一 邂逅驚豔

（鳥語花香的春景。郝愛吃、吳仁義二丑上場，數板，逗趣演出。）

郝愛吃 小的！姓郝、名愛吃。吃遍天下，肚子圓嘟嘟！

吳仁義 小的！姓吳、名仁義，重仁又重義。相信我，早晚騙死你！

郝愛吃 從鄭國，到齊東，伺候太子❷，小心從公。大宴隆隆，小宴烘烘。吃飽喝足，我慵懶如蟲。

吳仁義 齊太子，我主公，愛酒好色，天下稱雄。我呀！通風報信、拉絲牽線，大膽偷吃紅。嘿嘿！人生在世，絕不做白工呀！做——白——工——。

鄭太子、齊太子 （幕內）僮兒！

郝、吳 （同白）有！

鄭太子、齊太子 （幕內）快快牽馬上來，吾等遊春去也！

郝愛吃、吳仁義 （同白）遵命！

郝愛吃 來！我牽，牽、牽、牽……，牽這隻千里「赤兔馬」！

吳仁義 欸！胡說八道，現在是東周春秋，那匹神駒赤兔馬，要等到三國關公才騎得。來！換瞧我的！

郝愛吃 瞧你的！

吳仁義 瞧我！牽、牽、牽，牽這匹舉世無雙的「紅鬃烈馬」！

---

❷「太子」之稱謂，《左傳・桓公六年》已載之。

郝愛吃 哎呀！得了吧！你以為咱們要演薛平貴，上武家坡呀！瞎扯淡！

郝、吳 （同白）認真點兒，別討罵了。

（兩丑一邊插科打諢，一邊做出扎實又精彩的馬伕功夫。）

（鄭太子鄭忽、齊太子姜諸兒，上場騎馬。）

齊太子 鄭太子請了！

鄭太子 齊太子請了！

齊太子（唱）：

郊原一片是新春，並轡驅馳絕煙塵。

感君懇誠來聘問，相敬相愛做友生。

鄭太子（唱）：

鄭齊世代為周臣，輔弼周王堯舜仁。

同為太子齊心力，百代立功愛黎民。

齊太子 哈哈哈……賢弟貴為鄭國太子，不辭辛勞，遠來聘問，我齊國上下，莫不歡欣鼓舞，敬待嘉賓。

鄭太子 有勞太子仁兄了。鄭齊兩國，世交通好，未來同心協力，輔弼周天子、澤化萬民，正是你我之責。

（鄭太子說話時，齊太子已露出不耐煩的神情）

齊太子 啊！賢弟，你看我這齊國，要高山有高山、要錢財有錢財、要美人！更是成千上萬。你說怎麼樣呀？

鄭太子 泱泱齊國，山環海繞。文物薈萃，漁鹽多利，百姓知書達禮。不愧是姜太公之哲嗣呀！

齊太子 啊！夠了、夠了！別再叫我跟你咬舌頭、扯鬼話。今日，咱們微服出遊，不談國事，只看春光。從現在起，我就要露出「當行本色」來。

鄭太子 喔？請問仁兄，何謂「當行本色」？

齊太子 當行嘛！就是：當——惡——必——作——，我——最——在——行——。

鄭太子 仁兄說笑了！那何謂「本色」呢？

齊太子 男人啊！嘿嘿！人——性——本——色——嘛！

鄭太子 仁兄，玩笑忒大了、忒大了！

齊太子 （說笑間，露出好色本性，指遠方）呵！賢弟你看，遠方來了兩位女子。容貌雖看不清，但那身形嘛！嘿、嘿！窈窕俏麗。如何？你、我，一人、一個！

鄭太子 （焦急）仁兄，萬萬不可！萬萬不可！

齊太子 有何不可？欸——

【**數板**】：

齊國我祖太公開，齊地屬我太子來。

女子輕賤乃玩物，且看大爺我愛不愛。

門當戶對的花轎抬，路邊的野花我就地採，

這也是她，祖上的蔭功、父母的德行，

修得這輩子福氣來，福——氣——來——

鄭太子（幾番攔阻）光天化日，怎可起獸心、有惡行？萬萬不可！

齊太子 哎呀！你少跟我放那文人的屁了！

鄭太子 哎！仁兄……

齊太子 我說，來人呀！

（吳仁義內呼，滑跪上介）

吳仁義 有！

齊太子 前面開道，咱們搶妞去！

吳仁義 是囉～～

（鑼鼓配合，吳仁義隨齊太子策馬急奔。二人下）

鄭太子 哎！仁兄……不可如此……不可如此啊！

（鄭太子追下）

（柔美輕快音樂起，民女蒹葭、齊公主文姜❸與侍女賈可愛上場，遊春打扮。）

蒹葭（唱）：

錦繡山河暖春陽，東郊賞景醉晴光。

父兄嬌養不驕縱，練武習文總自強。

❸ 齊公主，齊僖公之女，襄公之妹。後出嫁魯桓公，諡號「文」。劇本敘述中，統稱「文姜」，避免混亂。

文　姜（唱）：

罔費春香千萬般，遊山戲水意闌珊。

宮闈爭鬥心憂結，何日花開連理歡？

蒹　葭　公主呀！我乃是一介民女，數年來，承蒙不棄，春日出遊、冬夜促膝，共享這錦繡年華、風光大地。

文　姜　是呀！侯門深似海，難覓知心人。蒹葭妹妹，武藝高強，妳、我結伴出遊，不必內侍、宮娥跟隨，倒也自在。

賈可愛　（音樂收住，嬌俏逗笑狀）咦！看不見、看不見，我隱形、我透明，我明明就在這兒！妳們就是看不見，看不見！

蒹　葭　這丫頭，真可愛！

賈可愛　錯！錯！錯！不姓甄，姓賈，名可愛。妹妹賈可憐、哥哥賈好人、弟弟賈正經，全在宮裡頭當差。這年頭呀！討好大人物，就得全靠一個字——「假」！

文　姜　胡鬧，一旁站下！

賈可愛　是！

蒹　葭　啊！姊姊，看您抑鬱不樂，莫非為終身大事愁悶？

文　姜　唉！正是。

蒹　葭　姊姊！您貴為侯門明珠，求婚者，多如過江之鯽，又何必擔憂？

文　姜　唉！生為齊侯之女，正有許多苦處。

蒹　葭　有何苦處？且向蒹葭傾吐。妹妹我，與您分憂解愁。

（鑼鼓急響，馬嘶馬蹄聲大作）

齊太子（幕後喊）美女！別跑，大爺我來了！

蒹　葭　哎呀！姊姊，不好！前面有人，持刀策馬，向我們奔來了。

文　姜　這……這便如何是好，如何是好？

蒹　葭　姊姊不怕、莫慌張！

賈可愛（緊張介）嚇人！救命哪！

蒹　葭（抽利劍，展現武打身段）姊姊！姊姊莫慌，暫躲一旁；待蒹葭與他們鬥上一鬥，周旋無妨。

文　姜（與賈可愛急急下場）千萬小心！

（吳仁義先持刀上場，與蒹葭對打，大敗，退場。）

（齊太子持劍，模樣輕薄，欲武力劫持；與蒹葭邊對打、邊輪唱）

齊太子　喲！這小妞會武功！好極了！我口味重，就是愛嗆辣的。

齊太子（唱）：

路見紅粧心喜狂，蒼天為幕地為床。

成就美事心樂暢，大爺看上妳榮光。

蒹　葭　哇！大膽狂賊！

（唱）：

物華神洲禮義彰，光天化日誰猖狂？

手執干戈懲匪黨，保我姊妹無災殃。

（兩人對打一陣，蒹葭占上風。）

（文姜、賈可愛上場）

文　姜　救人哪！

齊太子　（背躬白）哎！又有一個。

（吳仁義蒙面追上）

文　姜　救人哪！救人哪！

吳仁義　哎～～別跑啊！

（文姜、賈可愛下場，吳仁義追下）

（鄭太子空手追上場，急急解救齊太子，並與蒹葭一番對打）

鄭太子　慢動手！仁兄！慢動手！

蒹　葭　大膽狂賊！

齊太子　哎喲！賢弟，來的正好，這個太辣，留給你囉！我找那個去！

（齊太子急溜下場）

蒹　葭　看劍……

（鄭太子再與蒹葭一番對打。）

鄭太子　姑娘，慢動手，請饒他一命。

蒹　葭（唱）：

沒料想　又來一位　無恥強梁。

懲奸惡　看他還敢　為虎作倀？

鄭太子（唱）：

求紅粧　饒他罪過　恕他荒唐，

他不該　心存歹念　違禮乖張。

蒹　葭（唱）：

抬眼望　不由我　更怒攻心房，

文質彬彬　竟甘心　助紂逞強。

鄭太子（唱）：

事出倉皇　全怪我　交友無狀，

侵擾佳人　深致歉　面慚心惶。

（鄭太子巧奪蒹葭劍，單膝下跪，雙手捧還。蒹葭猶豫一下，收下武器。）

蒹　葭　起來吧！看你貌似忠厚，不像盜賊；且武功不弱，空手應付我利刃。說！你是何人？

蒹　葭（唱）：

姓甚名誰　信口雌黃不饒放，

勾結強梁　蒙羞受辱惹災殃。

鄭太子（接唱）：

姓姬名忽　鄭國儲君求識廣，
君父有令　出使齊邦意昂揚。

蒹　葭　哦！原來你是鄭國的太子。方才多有得罪，這廂陪禮了。

鄭太子　豈敢！

蒹　葭　那——敢問，那個無恥的禽獸，他是誰？

鄭太子　呃……他是……

蒹　葭　是誰？

鄭太子　呃……是……

蒹　葭　是何人？

鄭太子　唉！他是……貴國的……太子。

蒹　葭　哦～～當真？那無恥的禽獸，竟是我齊國的太子？這……

鄭太子　哎呀！不好了！方才還有一位女子，想是遭到毒手。待妳我趕上前去搭救。

蒹　葭　哎呀！姊姊！姊姊呀！

（兩人急下場）

（賈可愛提吳仁義耳朵上場。又打又鬧、又哭又氣，吳仁義跪地膝行，百般求饒賠罪。）

（賈可愛、吳仁義，下場）

文　姜　（內白）救人哪！

（文姜上場，驚慌躲藏）

文　姜　救人哪！！救人哪！！

（齊太子掩身上場）

齊太子　哎！小妞！哎喲（被咬）……妳！大膽！

（欲輕薄之，文姜掩面閃躲。拉扯推拒之間，發現竟然是妹妹。兩人皆大驚。）

文　姜　哥哥！

齊太子　妹、妹妹，怎麼是妳呀？

文　姜　哥哥！你、你又胡作非為！

（文姜大怒，啼哭指責。齊太子作揖賠罪討好。兩人互動曖昧。）

齊太子　哎！沒……沒有啊？哎呀！（背躬）這下可慘，打破大醋缸，酸死人了。這可怎麼好喔？……哎呀！妹妹呀！

（唱）：尊一聲心肝妹妹，莫啼莫哭莫嗔怒。

（夾白：哥哥我……我、我……，（手足無措兼苦思）哎！）

（唱）：哥哥我　飽讀詩書，中了那古聖先賢的蠱。

文　姜　（接唱）：生侯門　胡天胡地，豈念妹妹與父祖。

（鄭太子與蒹葭上場）

蒹　葭　（怒斥）大膽狂賊！

齊太子　（驚嚇狀）哎喲！跑囉……

鄭太子（勸止）啊！齊仁兄！

蒹　葭　姊姊！

齊太子（輕薄狀）嘿嘿嘿……小妞兒！

鄭太子　齊仁兄！不可如此。

齊太子　哎！妹妹，這位是鄭國的太子。

（文姜上下打量鄭太子，心儀之；再怒斥哥哥，心悲之。）

文　姜（續唱）：鄭太子　儀表翩翩，哥哥你　卑齷如鼠。

（四人行相見禮。齊太子對蒹葭打躬作揖，但心存覬覦；文姜對鄭太子心動凝望；蒹葭怒氣未解。鄭太子對文姜行初見禮。）

（燈光調暗調柔，四人輪唱心聲）

蒹　葭（唱）：嬉遊春　遇盜賊　神奪魂驚。

鄭太子（唱）：齊太子　禽獸心　我識人不明。

文　姜（唱）：在深宮　滿眼見　虎嘯狼猖。

齊太子（唱）：最厭那　臭腐儒　綑手腳論聖談仁。

蒹葭、文姜（合唱）：鄭東宮　姿颯爽～～

蒹　葭（分唱）：他儒雅豪英。

文　姜（分唱）：我想配婚姻。

齊太子、鄭太子（合唱）：執劍女　剛裡柔～～

齊太子（分唱）：我蕩蕩色心。

鄭太子（分唱）：我一見傾心。

（第一場結束）

二　射箭吟詩

（春日原野景，柔燈，鄭太子在場上。）

鄭太子（唱）：
離驛館　覓佳人　青山如黛，
水凝睇　柳含煙　繾綣情懷。
不知她　姓和名　芳蹤何在？
齊公主　相伴隨　費人疑猜。

（蒹葭獵裝，持弓緩出場）

蒹　葭（唱）：
離深閨　捨針黹　郊野重來。
目如星　眉似劍　文武雙才，
心底知　那人兒　衷情相待，
尋芳蹤　續前緣　霧散雲開。

（蒹葭見鄭太子，嬌羞、心掙扎，最後主動上前）

鄭太子（驚喜狀）不出所料，佳人果然在此。

蒹　葭　太子，萬福！

鄭太子 豈敢！

蒹　葭 啊！太子，您是鄭國的儲君，不帶隨從，觀山賞水，不懼安危否？

鄭太子 觀山賞水，得遇佳人，正是心中所願！在下斗膽，敢問佳人芳名？

蒹　葭 我名喚……

鄭太子 甚麼？

蒹　葭 名喚……欸！太子，請您猜猜！

蒹　葭（唱《詩經》句）：

蒹葭蒼蒼，白露為霜。
所謂伊人，在水一方。

鄭太子（續唱）：

溯洄從之，道阻且長。
溯游從之，宛在水中央。

鄭太子 喔！伊人芳名，必是「蒹葭」。好個優雅的名字！

蒹　葭 多謝太子讚賞。我蒹葭並非侯門千金、名門閨秀。僅僅是個百姓子、平民女。

鄭太子 生為百姓、長於民間。幸甚呀！幸甚！可千萬要珍惜哪！

蒹　葭 聽太子之言，似乎厭棄富貴，羨慕百姓？

鄭太子 蒹葭姑娘，妳我萍水相逢，卻覺心靈相契。我有意與姑娘結為知己，也好傾訴我肺腑之言。

蒹　葭 太子請講！

鄭太子 唉！家門不幸，自幼即親見：君父與親叔，兄弟相殘；祖母與親兒，愛恨糾纏。

（唱）：

生侯門　動得咎　處處刀槍，
得佳人　言往事　且聽衷腸。
（夾白：我那親祖母——武姜呀！）
厭我父　愛段叔　母子聯掌，
裡外合　謀篡位　歹意狂張。
我君父　縱母弟　成全惡行，
佈機關　整刀槍　心計早營。
鄢之役　滅我叔　囚吾祖母，
發毒誓　不及黃泉　不見迎。

蒹葭 唉！您君父殺弟囚母，又發毒誓：不及黃泉，不見親母，真是人倫慘變哪！

（唱）：

聽君言　不由我　心生不忍，
富貴家　爭位權　情義若塵。
小民女　涉世淺　撫勸難泯，
（夾白：不如呀！）
且開懷　馳心境　賞景遊春。

蒹　葭　太子，莫再傷懷身世。您看這——青山綠水，鳥語花香，既可文又可武，不如您我「射箭吟詩」為樂，您看如何？

鄭太子　射箭吟詩？

蒹　葭　前日，與太子過招，知您武藝不凡。今日，不傷飛禽走獸，只射紅花翠柳。您彎弓射箭、吟詩數句。我飛身取物，和君一曲，豈不文武兩全。

鄭太子　妙呀！佳人巧思，甚好！

蒹　葭　太子，請～～（獻上弓矢）

鄭太子　來！來！來！這一箭，要射那河——畔——楊——柳——。

（鄭太子做身段，彎弓，射第一箭）

蒹　葭　啊！百步穿楊！

鄭太子（唱《詩經》句）：

昔我往矣，楊柳依依。

今我來思，雨雪霏霏。

（蒹葭邊唱邊舞；再以旋轉身段，飛身取楊柳，旋轉回，獻鄭太子。）

蒹　葭（唱）：

楊柳依，翠春堤，臨別芳草萋。

雨雪霏霏，山河皚皚，征夫歸路迷。

歎流年，堅情意，香霧濕雲髻，

楚天闊，瀟湘雨，聲聲子規啼。

（唱完，再獻第二箭）

蒹　葭　太子～～

鄭太子　這二箭，要射那遠——樹——桃——花——。

（鄭太子做身段，彎弓，再射第二箭）

蒹　葭　箭貫桃花！

鄭太子（唱《詩經》句）：

桃之夭夭，灼灼其華。

之子于歸，宜其室家。

（蒹葭邊唱邊舞）

蒹　葭（唱）：

蘊櫝珠，掌中玉，從小最偏憐。

習女紅，熟禮儀，琴瑟曲翩躚。

桃影深，瓜瓞綿，積善家聲遠。

流水處，小橋家，人月兩團圓。

（蒹葭舞完，臥魚身段，用嘴銜起桃枝，獻鄭太子）

鄭太子（唱《詩經》句）：風雨如晦，雞鳴不已。

蒹　葭（續唱）：既見君子，云胡不喜！

鄭太子、蒹葭（合唱）：
死生契闊，與子成說。
執子之手，與子偕老～～與子偕老。
（絲竹聲幽美柔和，舞臺燈漸暗。頂燈柔和，照見兩人深情倚偎。）
（同時間，舞臺另一方燈緩亮，照見齊太子、文姜，神情憾恨，互動曖昧。）

文　姜　鄭郎……

齊太子　俠女……

文　姜　啊！哥哥！妹妹我……苦哇！

齊太子　妹妹，妳苦！哥哥我，更苦喲！

文　姜　他要她，不要我。

齊太子　妹妹妳要他（用手指鄭太子），他（指著鄭太子）卻要蒹葭。唉！都沒人要我喲！

文　姜　哥哥呀！你、我一定是前世冤孽，情緣難了。

齊太子　偏偏這一世，又投錯胎，變成兄妹。

文　姜　唉！再怎麼相愛相親，也只有惡名，沒有結果。

齊太子　是呀！

文　姜　孽緣該斷，災禍可免。不如……妹妹我，嫁了他（手指鄭太子）；哥哥你，追求她（手指蒹葭）。
三全其美呀！

齊太子　可是……哥哥我——既想要那個俏妞兒，又捨不得妹妹妳呀！

文　姜　是啊！妹妹我——也捨不得哥哥你。

齊太子　妹妹，捨得、捨得吧！這常言說的好：有捨——

齊太子、文姜　（同白）才有得呀！

（舞臺燈緩暗）

（第二場結束）

三　退戎救齊

（舞臺燈緩亮，驛館中）

（吳仁義，貼膏藥，全身酸痛狀。郝愛吃，驚訝狀）

郝愛吃　哎！我說兄弟！你不是跟賈可愛談情說愛去了嗎？怎麼弄了半天，搞得這副模樣啦？

吳仁義　咳！兄弟，你不知道，我一逗她，她就打我。欸！對！這叫打是情，罵是愛。哎喲喲……

郝愛吃　哼！這叫：一個願打，一個願挨。你呀！自作自受。

吳仁義　哎！對！這打得越重，她愛的越深嘛！

郝愛吃　瞧你這賤骨頭啊！

吳仁義　哎！正事要緊。我家太子要拜訪你家太子，趕緊通報去吧！

郝愛吃　啟稟太子，齊國太子來訪。

鄭太子　（幕後）快快有請！

（二人暗下，鄭太子上）

鄭太子（唱）：

歸程在即意徬徨，一別途遙音訊茫。

何況伊人居險地，齊邦太子本無良。

（齊太子入場）

齊太子（唱）：
兄妹斬情苦情長，分開嫁娶理應當。
親訪太子求婚配，
（夾白：要我當牽紅線的大舅子呀！）
既不甘心又勉強。

鄭太子 啊！齊仁兄，叨擾貴國多時，小弟正束裝秣馬，準備歸返鄭國。有勞太子駕臨，不勝感激呀！

齊太子 好說、好說！（想介）呃！～～！不好說、不好說喲！

鄭太子 喔！請問仁兄，何出此言？

齊太子 你在我齊國，凡事好說！你要回去鄭國，我倒有一事，不好說囉！

鄭太子 仁兄，但說無妨！

齊太子 賢弟呀～～
（唱）：
齊聯鄭　同心力　盟約不墮，
結婚姻　虎添翼　好處實多。
我有妹　養深閨　賢淑貌可，
配君子　鳴鸞鳳　敢問如何？

鄭太子 這……（背躬白）齊太子親口為妹求親，茲事體大，我若嚴厲拒絕，必傷他顏面、損兩國情誼。
這……如何是好？

齊太子 怎麼樣啊？

（鄭太子為難、思考介）

鄭太子 啊！婉辭以拒，再作道理。

（唱）：

銜君命　為專使　戒懼浮浪，
假公務　濟私情　罪責難當。
齊大邦　鄭小國　非敢奢望，
齊侯女　萬方求　必得賢良。

齊太子 （氣憤介）甚麼？我齊國公主，配不上你鄭國太子嗎？

鄭太子 呃……不不不！

齊太子 我妹妹是貌醜性惡、不夠端莊了嗎？

鄭太子 呃……不不不！

齊太子 哼！我堂堂齊國太子，親自向你求親，你……一口回絕，真是太不給我面子啦！

鄭太子 啊！齊仁兄，切莫動怒。

齊太子 你、你、你……（作怒介）嘿！（心暗喜，背躬白）嘿！我可是說了，是他自個兒不要的啊！

鄭太子 啊！齊仁兄！小弟有自知之明：齊大鄭小、齊強鄭弱。這強弱有別、大小難配。委屈了令妹！萬萬不敢高攀。

齊太子 你、你……。

（齊太子欲再言時，斥候兵緊急來報）

斥候兵　（內報上介）報！報——啟稟太子，北戎大軍，侵犯我國疆土、燒殺擄掠、屍橫遍野，眼看就要攻進都城啦！

齊太子　再探！（斥候兵下）哼！北戎敵軍，早不來，晚不來，偏偏這時候來湊熱鬧。管他的！國家興亡，哪比得上我終身大事。

鄭太子　（叫頭）齊仁兄，敵軍犯境，這對抗戎敵，我鄭國在行❹。待我修書，調遣大軍，前來助陣；待俺披甲出征，一同殺敵者。

（鄭太子下介）

齊太子　（喊）哎！賢弟！賢弟……（背躬白）咳！我不急，他倒十萬火急了，哎喲！這到底誰是齊國太子啊？（想介）哎！有人替我賣命打仗，有何不可呢？（笑介）哈哈哈……（驚介）哎喲！不好，（鑼鼓介）適才忘了跟賢弟表白，讓他把俠女蒹葭的戀愛權利過戶給我了。（喊介）哎喲！賢弟慢走，愚兄我趕你來了……。

（齊太子下場）

（舞臺燈暗）

（戰場景）

（北戎軍士追殺，鄭軍、齊軍迎戰）

---

❹《左傳・隱公九年》：「北戎侵鄭，鄭伯禦之，……鄭人大敗戎師。」

（北戎將領大良、少良上，開打介）

（鄭太子與蒹葭武裝出場助陣，打鬥激烈無比。）

（兩邊武打，希望推陳出新，莫只延用一貫的武打場面。）

（蒹葭與鄭太子合戰北戎，最後形成與二敵帥大良、少良對打❺。兩人合作抗敵時，要靈犀相通、相知相惜、相救相助的武打動作，讓劇情充滿力與美。最後合作殺大良、少良，立功。）

大良（笑介）哈哈哈……

（開打介）

少良（開打介）啊……

（少良被殺介）

大良（見狀驚介）哎呀……（大良被殺介）

鄭太子 班師還朝！

（戰爭場面漸歇，舞臺燈緩暗）

（第三場結束）

---

❺《左傳・桓公六年》：「北戎伐齊，齊使乞師于鄭，鄭大子忽帥師救齊，六月，大敗戎師，獲其二帥，大良，少良，甲首三百，以獻於齊。」

四　齊大非偶

（邊關景）

（鄭國軍士大捷，鄭軍隊欲歸國。吳仁義、郝愛吃上場惜別）

郝愛吃　兄弟！你怎麼啦？

吳仁義（念）：**【數板】**

鄭太子，擒番將、退戎敵。
立大功，急急要歸去。
捨不得，愛吃的老兄弟，
不由我，吋、吋、吋、（眼淚掉落狀）……珠淚滴。

（動作介）

郝愛吃（念）：**【數板】**

看來你，吳仁義。
好美色、喜作惡，
卻還是，有丁點兒真情義。

吳仁義（念）：**【數板】**

勸老弟，愛吃沒關係，
要謹記：少油、少糖、少吃大豬蹄，
三高會中風、嘴歪眼斜手腳癱。（動作介）
牛頭馬面，遲早找呀找上你。

郝愛吃 哎喲！那可會出人命的！

吳仁義 既然你要隨鄭太子回國去了，那我可得找個高級的餐館，給兄弟你餞行啊。

郝愛吃 哎！那敢情好了！今兒個咱們可得喝個「千杯」。

吳仁義 「千杯」！

二　人 （同白）「再千杯」❻。請！

（郝愛吃、吳仁義二人下）

（齊太子率朝臣、鄭太子率士兵，上場）

鄭太子 （唱）：
北戎兵　行不義　大舉攻齊。
敦盟好　調鄭兵　保民護黎。

齊太子 （唱）：
犒賞皆推辭　大功在我齊，

---

❻ 詼諧語。諧音二〇一六年臺灣總統大選後，執政黨之用語：「謙卑！謙卑！再謙卑！」

君心感激（夾白：命我再將）（接唱）婚姻提。

鄭太子（唱）：

喜蒹葭　同協力　擒殺帥渠，

功成返鄉　急促馬蹄。

齊太子　我妹妹呀！

（唱）：穠纖合度　端莊豔麗。堅同盟……

齊眾朝臣　嫁公主！

齊太子（接唱）：當你賢妻。

鄭太子（唱）：

齊大國　鄭小邦　蒙君不棄，

高低就　偶難成　必起怨疑。

（蒹葭暗上）

齊太子　這麼說！太子我，二度求親，你還是——吃了秤砣鐵了心，不要我這個妹妹囉？

鄭太子　實實不敢高攀、不敢高攀！

（兩人演出咄咄相逼與堅持不讓）

齊太子　你、你、你當真不要？

鄭太子　當真不要！

齊太子　「果真不娶？」

鄭太子 果真不娶！

齊太子 不要？

鄭太子 不要！

齊太子 「不娶？」

鄭太子 不娶！

齊太子 那、那……（背躬一笑：那最好！）哼！嗯！喝！好吧！

這個妹妹你不要。沒關係，我還有其他妹妹，由你挑，任你選，要哪個，都嫁給你。

鄭太子 齊——大——非——偶——！不敢高攀，敬請海涵❼。

齊太子 齊——大——非——偶——？欸！你就別再固執了。

（唱）：勸太子　莫推辭　鄭小更須強國扶。

鄭太子（唱）：心非石　不可轉；心非席　不可卷。

齊太子（唱）：意堅持　心固執，留笑名情場懦夫。

鄭太子（唱）：謝太子　勞相送，飛鳥倦急返歸途。

齊太子（背躬白：喲！趕人哪！不送就不送！誰希罕？）罷了！多謝鄭太子，退戎救齊，大恩不忘，就此別過。

鄭太子 多謝齊太子，你、我各自珍重！

---

❼《左傳・桓公六年》：「公之未婚於齊也，齊侯欲以文姜妻鄭大子忽。大子忽辭。人問其故。大子曰：『人各有偶。齊大，非吾偶也。』」

齊太子 嗯！珍重、珍重。（冷笑介）哼哼哼……

（齊太子與朝臣下場）

（鄭太子張望）

鄭太子 啊！蒹葭呀！離別在即，相約此地，怎遲遲不見芳蹤？

（蒹葭行裝打扮，二人相會。）

鄭太子 哎呀呀！妳誤會此言了。齊大非偶，指的是齊國公主，不是佳人妳呀！

蒹　葭（唱）：聽君言　齊大非偶　欲棄我無良？

鄭太子（唱）：傷別離　訴衷情　望美人兮天一方。

蒹　葭（唱）：貴賤殊　尊卑遠　婚期縹緲蒼茫。

鄭太子（唱）：拒齊姻　覓託辭　顧全局不卑亢。

蒹　葭（唱）：避虎狼　奔衛邦　千里隱居待郎。

鄭太子（唱）：急歸國　備禮儀　迎佳人入鴛帳。

蒹　葭（唱）：金石堅。

鄭太子（唱）：風雨如晦　雞鳴不已　日出朝陽。

鄭太子（唱）：天可表。

蒹葭、鄭太子（合唱）：必配鳳凰～～必配鳳凰。

蒹　葭 啊！太子！您率大軍歸鄭，山遙水遠，一路小心。我奔衛隱居，以待君子。望君憐惜，莫負相思！

鄭太子 此情此心，唯天可表。一息尚存，不負佳人！

蒹葭、鄭太子　（合）珍重！千萬珍重！

（兩人依依不捨道別，音樂配合，舞臺燈漸暗）

（舞臺燈全暗之後，兩束頂燈，照齊太子、文姜，隨其動作移動。）

齊太子　妹妹……

文　姜　（恨介）哥哥！鄭太子他……他……再次狠心的拒絕小妹麼？

齊太子　（勸介）唉！妹妹！那不知禮義、狼心狗肺的東西，不要，就算了吧！妳——還有哥哥我呀！

文　姜　哎！我本想與哥哥斷了亂倫之情，遠嫁鄭國！

齊太子　哎！妳就別自欺欺人了。妹妹！不論妳嫁近嫁遠，都撇不下哥哥我的。（親暱動作介）

文　姜　哥哥……

齊太子　（冷笑介）哈哈哈……我就是那種「男人不壞、女人不愛」的多情種啊！

文　姜　冤孽、冤孽，前世冤孽呀！

內　侍　（幕後白）君侯有令，公主婚配魯國新君——姬允。不日，出閣，成——大——禮——。

（音樂震撼，二人大驚。燈收暗）

（第四場結束）

中場休息

五　齊魯聯姻

（舞臺燈緩亮，魯國夫人寢宮景。）

（文姜著夫人盛裝，坐鏡臺前。賈可愛陪侍；宮女來回奔走，為夫人梳粧。營造緊張、忙碌，時喜時憂的氛圍，文姜做喜怒無常狀。）

幕　後（唱）：

齊公主　魯新君　鄰國聯姻路未迢。

逐流波　縱私情　放浪形骸似狂潮～～似狂潮。

（宮女、太監伺候。文姜驕縱。賈可愛在旁狐假虎威、裝腔作勢，把左右人都轟趕出場。賈亦悄下場）

文　姜（唱）：

心緒憂　腹內愁，往事如煙　不堪回首。

在深宮　母微賤　欺凌不休；

見父難　手足棄　誰憐弱幼。

宮闈內　漫是非，機關算盡　無端躪蹂。

異母兄　封太子，知心疼惜　挺身相救。

冤孽債　苦纏綿，今生今世　難捨難收。

今生今世　難捨難收～～難捨難收！

賈可愛　（賈可愛悄上場）

我們公主自從嫁來魯國，雖然產下太子，卻常思念情哥哥，悶悶不樂。唉！這也難怪，這魯深宮，規矩嚴、無聊兼無趣。

就連我呀！也常想念那個人——那個「吳仁義」，多有趣呀！

幕　後　（喊）君侯駕到！

（魯桓公上）

（文姜意興闌珊）

魯桓公（唱）：

弒兄篡位　身為魯君聲望低，

結盟聯姻　萬般仰仗齊國妻。

情真意切　並非只為家國計，

新得玉簪　趁月直奔鳳樓西。

（賈可愛與文姜迎魯君介）

文　姜　（行禮）君侯！

魯桓公　夫人，免禮。啊！夫人，寡人新得一玉簪，乃稀世珍貴之物，特別持來相贈，以襯花容。來、來、來！寡人親手為夫人插上。

文　姜　多謝君侯！

（魯桓公親手為文姜插上玉簪，兩人臨鏡，狀似恩愛。）

賈可愛　（背躬白）唉呀呀！太陽——打西邊出來了；天——下起大紅雨啦！這個無情無趣的「魯男子」，竟然懂得討好美人，送起大禮來囉！夫妻倆難得親親熱熱的，我躲遠一點吧！（悄下場）

魯桓公　啊！夫人，妳母家齊國，發生兩件大事。一憂一喜，妳要先聽哪一個呀？

文　姜　喔？這——先報憂、後報喜吧！

魯桓公　這憂事麼：夫人聽了——妳親父、我岳父，日前，薨逝了。

文　姜　咿嘩……嗚……君父呀！（哭幾聲，聊作悲哀介）那、那繼位的是……（心急關切狀）

魯桓公　正是另一件喜事——妳哥哥、我大舅子，即位登大寶，當上齊侯了。

文　姜　（雀躍、思念狀）當真？哥哥、我那哥哥……

魯桓公　（點頭）嗯～～

文　姜　大喜呀，真真大喜呀！

魯桓公　令兄邀我至齊，商談大事；特來與夫人辭行。

文　姜　這……（思索介）啊！君侯，齊魯聯姻，同心結盟。臣妾為您生下太子。太子的生辰，與您同干支、共辰時，您喜慰無比，取名為「子同」。

魯桓公　是的！齊魯聯姻，邦交永固。太子子同，又與我生辰同日。夫人呀，妳大功在魯呀！

文　姜　可是——自從于歸君侯，回鄉路斷，親人永別。妾魂縈夢繫，相思成疾。君侯您此番聘問齊國，可否帶妾回門，一解那思鄉之苦？

魯桓公　欸～～夫人！自古以來，公主出嫁，除非被休被棄，否則，終身不准回母家的呀！

文　姜　公主出嫁，終身不回母家。這法規，違反人倫，何必遵循！

（唱）：

公主成婚母家絕，蕩然仁義孝友缺。

勸君不必苦相持，攜妻返國完大節。

魯桓公　（為難狀）這、這……待我與群臣商量，再做定奪！

文　姜　（撒嬌狀）還商量甚麼？我就是要回齊國，見我哥哥！

魯桓公　夫人，妳父母既亡，已缺「歸寧」名實。何況，妳一心想見哥哥。妳那個哥哥麼！（一鑼！）——

有、有……有甚麼好見的？唉！

文　姜　（文姜嗔怒，咄咄逼人、步步進逼；魯桓公懦弱、節節後退狀）

哥哥有甚麼好見的？哼！你以為我不知——有人呀！就是怕見哥哥、怨哥哥、恨哥哥……

魯桓公　妳……

文　姜　就殺了自己的哥哥——魯隱公。你當我不知，你與齊國聯姻，不過是倚權仗勢，替你這弒兄篡位之人撐腰罷了！

魯桓公　（先震驚，後轉成為難、羞愧兼討好）啊！夫人哪！這些事兒，妳全知呀！

文　姜　哼！若要人不知，除非己莫為。

（唱）：

你、你、你……

弒兄奪位　手足情絕，

群臣未附　人民不屑。
江山難保　乞婚結盟，
阻我回鄉　夫妻緣滅。

魯桓公　（委婉討好）夫人哪！我是嫡長子，本該繼承大統。哥哥魯隱公，乃賤妾所生，只因比我年長，就奪我權位。夫人哪！我若不先殺哥哥，難保哥哥他不殺我，況且午夜夢迴，寡人也後悔不已呀！

（唱）：

勸夫人　莫相責　天倫慘境，
提往事　重回首　悔恨難平。
我正嫡　兄庶出　尊卑序等，
因幼齡　兄即位　攝政為名。
年既長　芒在背　手足情冷，
先下手　弒親兄　揹負惡評。
夜夢迴　天良現　椎心自省，
兄魂斷　弟篡位　社稷難撐。
齊魯姻　結同盟　家安國靖，
待夫人　披肝膽　一片真情。

（哭頭）夫人哪！

文　姜　（盛氣凌人）不必多言，你殺你哥哥，我不管；我要見我哥哥，你也別管。不帶我回國，齊魯交惡，永無寧日！

魯桓公　（無奈狀）這個……也罷！就帶夫人一同前往齊國便是。

文　姜　（欣喜撒嬌狀）哎！這就對了！君侯帶臣妾回國，才是有情有義的大——丈——夫！

（燈緩暗，音樂配合）

（第五場結束）

六　亂倫殺夫

（燈亮，柔和，齊國驛館內，夜景）

（魯國君在齊之驛館，必須比鄭太子之驛館莊重豪奢。）

賈可愛　（雀躍）唉呀呀！回齊國，景物依舊，人事未改。那吳——吳仁義，有情趣，剛剛在接風國宴上，還對我～～！

吳仁義　（悄悄出場）哎！

賈可愛　（驚嚇）哎喲……

吳仁義　（挑逗）是我！是我！是我！

賈可愛　（撒嬌；捶打）吳仁義！吳仁義！吳仁義！

吳仁義　我對妳怎麼樣啊？是不是，偷眨眼、送秋波；偷碰手，心呀～～心如火！

賈可愛　你呀！你說的是，是——他們兄妹倆吧！

吳仁義　禁聲！

（兩人向四周張望巡查，見無人，才安心！）

吳仁義　小點兒聲，那兄妹事兒，妳我最清楚。唉！悲哀呀！雖然我無仁義，可內心裡頭還是有這麼一點

（比一點點小指頭）人性。他們兄妹那事兒……簡直！唉！難以啟——齒——！

賈可愛 這次回齊國，就怕夫人她——又化身飛蛾，縱身撲烈火！

（撲身向吳仁義，二人互動詼諧）

吳仁義 哎！形象！形象！唉！誰讓那哥哥，雖然胡天胡地，卻只疼惜妹一個。

賈可愛 誰讓那妹妹，只鍾情她大哥！

二　人 （合）唉！真是冤孽！冤——孽——！

吳仁義 賈可愛！

賈可愛 吳仁義！

吳仁義 如何是好呢？

賈可愛 世道險、風波惡，你、我小心就是。

吳仁義 （笑介）嘿嘿嘿……哎！是啊！妳與我，相知相惜，又非兄妹。那今晚……

賈可愛 誰理你呀！（嬌羞介）

幕　後 （白）君侯、夫人回館。

賈可愛 你累不累呀？別胡鬧。快走！快走！

（吳仁義急溜下場）

（魯桓公攜文姜上場。賈可愛迎介，侍候介。再悄下場）

魯桓公 啊！夫人，來至齊國，雖是鄰邦，也是舟車勞頓。況且，齊侯擺國宴，接風洗塵，盛情難卻。（睏介）啊！夫人呀，妳我都累了，快快安歇吧！

（唱）：

文　姜　聘訪強齊攜妻往，群臣怨怒戒災殃。

收心就寢蓄精養，杯弓蛇影在齊邦。

（無奈兼嫌惡）（背躬）好個無趣無味的人哪！嫁給他，真是辜負我大好青春。（下決心）嗯！今晚

就去見我那哥哥，慰我相思之苦！

（再裝假獻殷勤）啊！君侯！

魯桓公　夫人！

文　姜　君侯旅途勞累、國宴費神。請先入帳，早早安歇。待臣妾去華服、解玉佩，稍卸晚粧，即便侍寢。

魯桓公　啊！夫人，快來呀！

文　姜　妾身遵命！

魯桓公　（笑介）哈哈哈哈……

（魯桓公入帳。音樂配合，舞臺燈光調柔。）

（文姜臨鏡，不卸粧，反而大肆補粧。玉簪拔下，端詳，因喜愛，又插上。）

文　姜　哥哥……

（唱）：

倫常事　如網羅　纏身鎖鍊。

返齊邦　憶前塵　意馬心猿，
鄭東宮　拒婚配　名毀情斷，
嫁魯君　乏情味　徒增憂煩。
（夾白：哥哥你呀！）
眼流波呀　眉傳情　在堂堂國宴。
捨不下　那冤孽　情愛如磐，
（再細聽、張望介。帳內鼾聲起，確定丈夫已眠。）
鼾聲起　離驛館　何懼天譴？
縱私念　貪慾求　偷情竊歡。
（音樂配合，以投影特效，演出文姜澎湃情欲。文姜影子更衣：換外衣，穿上紅豔衣裳。嬌豔現身，做身段，下場。）

（夜氛圍，幕後傳來打更聲：二更）

魯桓公

（幕後白）啊！夫人，怎還不來安寢？夫人……啊！夫人！
（出帳，尋找、憂思、焦急）咦！夫人不在、夫人何往？
（懷疑、震驚、憤怒等身段。再尋出文姜換下之衣裳，已知姦情。）
（唱）：

蜚言長　流語短　再難吞忍，
婚強齊　得靠山　卻埋禍因。
妹與兄　遂私慾　醜事難論，
綠巾罩　妒火焚　裂名敗身。
鄭太子　知緣由　他拒婚謹慎，
齊強大　非匹偶　我蒙昧沉淪。

（夾白：齊大非偶、齊大非偶。哈哈哈……我、我自做自受。蒼天哪！）

（做怒極、恨極、心狂意亂等身段……發洩一陣之後，再稍作冷靜狀。）

（打更聲：三更）

（唱）：

再思量　莫莽撞　強壓悲憤，
處他人　屋簷下　頭頸難伸。
熄心火　且觀望　婉語求問，
猶盼她　釋猜疑　冰清玉純。

（悶坐狀。）（打更聲：四更）

（文姜匆匆進場，查看。桓公怒視旁觀。文姜衣髮稍亂，做嬌態、心喜、心慌、疑懼等身段；再輕推門，躡手躡腳，跨門檻，入房，聽帳，探帳，發現桓公。）

文姜　（低聲自語）君……君侯……

魯桓公 寡人在此……

文　姜 （驚嚇，強作鎮定）你、你、你……啊！君侯一向晚起，怎麼……還未五更，就起身了？

魯桓公 妳……喔！（靈機一動：打哈欠，伸懶腰）啊！夫人，寡人一頓好眠，才剛剛睡醒。卻不見妳的身影，啊！夫人！妳何時離床起身的呀？

文　姜 這……臣妾侍寢，也剛剛起身。

魯桓公 起身做甚？

文　姜 出房望月。

魯桓公 今日初一，如何望月？（逼問，漸怒狀）

文　姜 這……喔！──望星。出房，仰望繁星。

魯桓公 四更已過，已聞雞啼，何來繁星？（一鑼）

文　姜 這……喔！有的、有小星，一兩顆。

魯桓公 （笑介）呵呵呵……堂堂魯國夫人不做，願意卑躬屈膝，當那齊侯的──賤妾小星。

文　姜 你……你胡說甚麼？

魯桓公 （怒視文姜）妳……心知肚明。（看介）啊！玉簪呢？寡人贈妳的玉簪？為何不見？

文　姜 （摸髮緊張狀）小小玉簪，卸粧，取下了！

魯桓公 哼哼！想是遺落在他人的臥房之中吧！

文　姜 這……這樣平凡之物，棄之不惜，不用你管！

魯桓公 啊！我是妳的夫君。怎麼！問不得？管不得？

文　姜　不知冷熱、不解風情，弒兄篡位的人，不配當我夫君！

魯桓公　妳、妳……夫人哪～～

（唱）：

悖禮義　逆臣民　攜妳入齊，
慰思鄉　見兄長　久旱虹霓；
棄親夫　離驛館　醜事難計，
失玉簪　衣髮亂　返屋雞啼。

文　姜（接唱）：

齊大國　魯小邦　非偶難配，
性孤僻　無情味　我幽怨夢迴；
居虎口　亂言行　你進退皆危，
勸閉嘴　莫相逼！

（夾白：沒錯！我乃……）（承認後、更放肆狀）

（唱）：——齊侯妹妻。

魯桓公（痛苦狂亂狀）妳、妳……鄭太子啊鄭忽，你所言不假，所言不假。齊大非偶，真個是齊大非偶！嘿嘿嘿……子同啊子同，我那親生的兒子。我立你為魯太子，你真的是我的親骨肉麼？你雖與我生辰同日，卻難保……

文　姜　你、你……

魯桓公 郤難保不是你母與你親舅亂倫的種❽。

文　姜 你……你胡說！子同是你親兒子、親骨肉！

魯桓公 哈哈哈……背叛親夫，與兄亂倫的女子，說的話、生的子，誰能相信？誰能相信？

文　姜 你……出言狠毒，誣衊事實，你難道不知：此時此刻，你是頭頂——齊天、腳踏——齊地，面對的，是——齊侯兄妹！

魯桓公 妳、妳……賤人，不知羞恥的賤人。

文　姜 （挑釁狀）你……怎樣?!

（魯桓公伸手重打文姜一巴掌）

文　姜 啊！你……你……

魯桓公 我……我！就是打妳。

（伸手再重打文姜介）

文　姜 哎呀！你、你……你敢打我！

魯桓公 我……我不但打妳，我……我還要殺妳！

文　姜 啊！

（魯桓公重踹文姜一腳）

文　姜 你……你要殺我？

文　姜 哥哥……哥哥……

---

❽ 魯桓公斥責文姜之語，乃據《公羊傳・莊公元年》所載。

（文姜痛哭、狂奔、呼號下場，舞臺燈漸暗）

魯桓公 賤人！不知羞恥的賤人。

（魯桓公踹翻椅子後，站立舞臺中間，無助狀）

（燈暗，音樂淒厲，營造肅殺又悲愴氛圍。）

（幕後唱時，臺上以影子演出）

（文姜與齊襄公真人現身，與影子同步演出。文姜做：奔擁、泣訴、恐懼、拒絕、掙扎，最後決定殺夫……各種身段。）

（齊襄公配合做：疼愛、傾聽、憤怒、安撫、陰狠、決意殺人……各種身段。）

幕後（唱）：

圓鏡碎　惡海浮泅　夫妻變寇讎～～夫妻變寇讎。
施毒計　宴席入彀　齊君誅魯侯～～齊君誅魯侯。
世上人　皆曰可殺，
兄妹生同歡　死同柩。
千古罵　兩身受，
腥風血雨　魂魄蕩悠悠～～魂魄蕩悠悠。

（舞臺燈全暗，換成齊國宮殿宴會場景）

（朝臣引齊襄公迎魯桓公入場，燈緩亮）

齊襄公　（陰狠狀）魯君請了！

魯桓公　（憂懼憤恨又勉強狀）齊侯！請！

齊襄公　（唱）：齊魯聯姻　兄弟邦　永世興旺。

魯桓公　（唱）：魯弱齊強　屈君侯　盛意難償。

齊襄公　（唱）：盟國仳鄰　力同心　莫分短長。

魯桓公　（唱）：一聞君言　箭穿心……（悲憤狀）

齊襄公　（插白）啊！箭穿心？（怒逼問狀）

魯桓公　呃……我是說、說……

魯桓公　（接唱）：箭穿心　正中心房。（無奈、委屈、打圓場）

齊襄公　（唱）：君夫人！

（夾白：我那親妹妹，）

（接唱）：怎沒同席殿旁？

魯桓公　她……她……

（唱）：夜觀星　受風寒　她微恙臥床。

齊襄公　唉呀！我那情濃意重的妹妹呀！

（唱）：風露重　夜奔波　果受風涼

（說與唱時，故意拿出玉簪，觀賞、示威、激怒、折磨魯桓公。）

魯桓公 （白）這支玉簪，質佳工細，千古難尋哪。喔！是魯君贈予我那親妹妹的吧！（驚介）啊！（背躬白）那玉簪在他手上。他不遮不藏，如此表明：已不懼姦情洩漏。想我必然……

齊襄公 （接唱）：見玉簪　心似灰　我命喪齊邦。

魯桓公 哼！算你有自知之明。我若不殺你，你一回魯國，必殺我那親妹妹、親外甥。

齊襄公 啊！親外甥？親外甥？子同不是你的兒子？怎麼！是你的親外甥？

魯桓公 甚麼！你說子同是我的兒子？

齊襄公 嗯！

魯桓公 （笑介）哈哈哈……你可想明白了，我妹妹嫁與你三年，才生下子同，怎麼會是寡人的種？瞎說！瞎說！

齊襄公 （激動）是啊！子同是我的兒子，是我的親骨肉。

魯桓公 千真萬確！

齊襄公 （唱）：

悉子同　親骨肉　心和氣壯，
無生路　客齊邦　難躲災殃。
兒即位　得輔弼　血胤仍旺，
篡弒兄　夜夢回　悔恨徬徨。

兄妹亂　人神憤　報應昭爽，
欲殺剮　無憂恨　任憑豺狼。
齊大非偶　醜聲揚　無虛枉，
生死別　念嬌兒　魂歸魯鄉。

（悔恨、勇敢、擔當、慈父心懷等多種情緒，需細緻有層次。音樂配合）

魯桓公（苦笑介）哈哈哈……事已至此，你必殺我。

齊襄公（陰狠、得意狀）嗯～～

魯桓公 罷了！算我為昔日弒兄篡位之惡，贖罪償命。只是……齊侯啊！我兒「子同」，是你妹妹懷胎所生，也是你的嫡親外甥。甥舅本應相親。懇求你，泱泱大齊，莫擾我魯國、莫害你外甥。如此，我縱死九泉，亦無所憾。

齊襄公（鼓掌）說的好！你也算是一條鐵漢子了。好！寡人答應你，善待外甥子同，絕不侵犯魯國。來人！命公子彭生，護送魯君，回驛館——安——歇。

（大力士公子彭生上）

（朝臣下，齊襄公得意洋洋下場）

（紗幕前方，彭生步步進逼魯桓公，魯桓公全身顫抖，但強作鎮定。）

魯桓公 你、你、你……你要如何的殺——我——？

彭　生 待殺你時，你便知了！

魯桓公 彭生哪彭生，今日你殺我；他日，齊侯也必殺你。

彭　生 為齊侯賣命，怎會殺我？

魯桓公 嘿嘿！待殺你時，你便知了！

（內侍上介）

內　侍 （朗聲對外）齊侯有令，魯君不勝酒力，命公子彭生護送，上馬車，回驛館。

（二衛兵挾持魯桓公上後方高臺區；彭生活動筋骨後，隨上。）

（白紗幕緩降，以投影特效呈現震撼的暗殺過程。）

（紗幕後，影子演出彭生對魯桓公，追逐、擒拿、挾抱、擠幹、拉殺的一連串身段❾。）

（紅光乍射，魯桓公死。燈再全暗）

（第六場結束）

---

❾ 彭生暗殺魯桓公的方式——據《公羊傳》記載，是齊襄公命令公子彭生送魯桓公上車，在馬車內，「搚幹而殺之」。據《史記》記載：「使力士彭生，抱上魯君車，因『拉殺』魯桓公。」演出時，結合二史書的記載。

七　奔衛團圓

（原野景，莫重複）

（鄭昭公⑩棄君位，行裝騎馬上場。）

鄭昭公（唱）：

憶當時　為太子　意氣風揚，
銜父命　睦諸侯　遠赴齊邦。
齊儲君　共遊春　癲狂放浪，
蒹葭女　護齊姜　嚴懲強梁。
訴家世　惺相惜　真情暗釀，
射桃柳　曲傳情　文武笙簧。
北戎侵　與巾幗　安疆衛壤，
拒婚姻　齊大非偶　辭鸞凰。
訂鴛盟　走衛邦　蒹葭她風高節亮，
棄冠袍　覓佳人　我鄭忽怎懼風霜。

郝愛吃　君侯呀！君侯～～

⑩ 據《左傳・桓公十一年》載：鄭伯寤生（即鄭莊公）卒。太子鄭忽即位，是為鄭昭公。隔年，「昭公奔衛」。

（郝愛吃手捧頭冠、蟒袍，一路追趕。）

郝愛吃　（懇切哀求）君侯！我的君侯呀！您愛民如子，您憂國憂時，為何卸頭冠、脫蟒袍，離宮出走？

鄭昭公　（瀟灑悲壯）這蟒袍、這頭冠，是桎梏枷鎖，我還穿它、戴它，做甚麼呀？

郝愛吃　君侯呀！大好江山，您、您……為何一併拋閃？

鄭昭公　啊！富貴江山，轉眼雲煙？來！來！來！你、你看那——齊國。

郝愛吃　齊國怎麼地？

鄭昭公　你看那——齊侯，兄妹亂倫，殺害魯君，百姓棄，災殃起，死無葬身之地。

郝愛吃　是呀！

鄭昭公　啊～～來！來！來！你再看，看那——魯國。

郝愛吃　魯國怎麼地？

鄭昭公　子同即位。母親舅舅，聯手殺父。他國弱年幼，也只能忍氣吞聲，不敢追究。

郝愛吃　是呀！

鄭昭公　唉！你再看，看咱們——鄭國。

郝愛吃　咱們鄭國，又怎麼地？

鄭昭公　寡人我，兄弟數人，各懷鬼胎，勾結內外，如狼又似虎。

郝愛吃　好！好！好！這頭冠、這蟒袍，不要也罷！不要也罷！（做丟棄動作）

鄭昭公　丟得好、棄得妙呀！啊哈……哈……哈……

郝愛吃　（跪求）可、可是，君侯呀！郝愛吃，侍候您，多年又多時。您怎捨得丟棄小人我？（哭泣）

鄭昭公 啊～～你、你不怕餐風露宿？

郝愛吃 不怕！

鄭昭公 不懼山遙路遠？

郝愛吃 不懼！

鄭昭公 好！那——隨我奔衛，尋訪蒹葭，團圓去——也——！

（鄭昭公邊唱，兩人邊做騎馬走天涯之動作）

鄭昭公（唱）：

離鄭奔衛覓芳蹤，巾幗知音情義濃。

繁華富貴浮眼盡，解鎖脫枷得從容。

（下場，燈暗）

（第七場結束）

尾聲：天各一方

（舞臺分隔為兩區塊：一是蒹葭與鄭忽⓫在衛國隱居之處；一是文姜奔波於齊與魯的路途。）

（燈緩亮，先亮蒹葭與鄭忽區）

蒹　葭　君侯！

鄭　忽　蒹葭！我鄭忽不負盟約，尋妳來了！

蒹　葭　夫君！

鄭忽、蒹葭（合唱《詩經》句）：

死生契闊，與子成說；

執子之手，與子偕老。

蒹　葭　待君數年，能有今日，不枉蒹葭，一片痴心！

蒹　葭（唱）：離宮闕　別家園　隱居山畔和水巔。

鄭　忽（唱）：名利事　齊拋閃　鶴鳴九臯在雲天。

蒹葭、鄭忽（合唱）：

迎春杏　解語蓮　千紅萬紫齊爭豔。

慶今生　盼來世　連枝並蒂年復年～～連枝並蒂年復年。

⓫ 此時，鄭昭公流亡在衛國，故稱其名「鄭忽」。

鄭忽 啊～～我鄭忽三生有幸！有妳蒹葭，知己相伴。

蒹葭 「知己」一詞，勾起往事。回想當年——齊公主也曾引我結為知己，不拘貴賤。若非她生在宮中，所遇皆非善類，她怎會沉淪無邊？

（蒹葭邊說邊向前，燈隨之移，立在較明亮處表演。其他地方漸暗。舞臺另一邊，燈緩亮，照見文姜。幽幽音樂配合。讓蒹葭與文姜，各處舞臺兩區塊，達成恍恍惚惚，「隔空追憶往事，互訴衷腸」的效果。）

文姜 蒹葭……

蒹葭 姊姊……

鄭忽 夫人！

文姜 （哭介）妹妹……

蒹葭 啊！姊姊……姊姊……

鄭忽 夫人！

蒹葭 姊姊……

鄭忽 夫人……妳怎麼樣了？

蒹葭 （對鄭忽）夫君！昔日，我與姊姊，春日出遊、冬夜促膝。可如今她——卻已是風霜歷遍！

文姜 是啊！引蒹葭妹妹，結為知己，妳清白晶瑩、我污濁形穢。又有何顏面，傾訴衷腸？

蒹葭 夫君！姊姊她身在宮中，受盡煎熬苦楚，實不該與那兄長，廝纏糾葛，終成冤孽。

文姜 當年，我視鄭忽，猶如汪洋之浮木。他卻以齊大非偶，拒婚於我。我名毀情斷，這惡名麼～～唉！不脛而走。

蒹葭 聽夫君言道，齊君被殺，齊國已大亂。

文姜 哥哥他！他被殺身亡。滿朝文武，竟無一人相救。我跪求親兒魯君子同，出兵援助母舅。他卻冷笑置之，拂袖而走！

蒹葭 夫君！子同他！他對這殺父之仇，隱忍已久，當然不願再起戰禍。

文姜 如今，齊魯百姓，莫不恨我。天地之大，無處容身，我——遊蕩神魂，生既不歡，這死麼～～又有何懼？

蒹葭 姊姊！天涯相隔，全無音信。儘管世人，嘲您厭您，蒹葭只記得當年，嬌豔動人、言言歡笑的您呀！

文姜（唱）：春出遊　夜促膝　曾經柔語囀黃鸝。

蒹葭（唱）：昔日情　苦追憶　人海茫茫天一涯。

（鄭忽、蒹葭相依偎）

幕後（獨唱）：一個是　情慧足　月圓花好喜盈眉。

（魯桓公、齊襄公之魂出場。走向文姜。文姜羞慚，後悔）

幕後（獨唱）：一個是　風波惡　怒海沉浮苦支離～～怒海沉浮苦支離。

（魯桓公、齊襄公夾立文姜，三人尷尬相對。文姜悲慟）

幕後（合唱）：

危脆心　纏綿意　禍福相倚自悲喜。

留與那　茶飯後　撫今古且歎且疑～～且歎且疑。

全劇終

新編客家精緻大戲

《駝背漢與花姑娘》

小說原著：王瓊玲

編劇：王瓊玲

製作演出：榮興客家採茶劇團

烽火大地，步步蓮花
——陪《駝背漢與花姑娘》走進國家劇院

王瓊玲

我的小說，無論是《美人尖》、《一夜新娘》、《待宵花》，裡面幾乎都是卑卑微微的小人物、過的都是庸庸碌碌的平凡生活。

「歲月靜好，現世安寧」是小人物最大的心願。大到讓他們——今生足以含笑九泉、來世也寧願再投胎為人。

但是，歷史與現實，對待臺灣這塊土地，以及土地上的這些人民，未必一直是友善的。當人類的私欲蒙蔽了良知，戰爭與鬥爭就演變成烽火巨輪。巨輪轟隆隆滾動起來時，就無情的追殺、殘酷的碾軋這一群又一群「鋤禾日當午，汗滴禾下土」的淳樸人們。

生在歲月還算靜好的現代，我總覺得：歷史真相的尋求、人性深層的探索，必須雙管齊下。而且，檢視土地的傷痕、聆聽人們的心聲，其重要性，絕不輸給翻閱厚重的史書。

於是，我徘徊在遼闊的山林田野；踽踽獨行於仄逼的田埂小路；又常常當不速之客，去拜訪白髮蒼蒼的長者。而與三叔公、九嬸婆們「啦咧」聊天，不管是笑語喧嘩或執手落淚，小說裡、戲劇中：身世可憐卻擅長野外求生的駝背漢、嬌俏美麗卻一根直腸子通到底的花姑娘、慈藹又硬頸的老阿公、媚日又吝嗇的趙添財、無力哺育遺腹子的趙家大媳婦、瘸了腿又飽受「戰爭創傷壓力症候群」折磨的次郎少爺，以及一大群善良、熱情，卻又嘴碎、懶惰、好管閒事的鄉土小人物，就逐漸被點染出音容笑貌、烘托了濃淡背景、也凸顯出悲喜際遇。

而多少個無眠的漫漫長夜，我與這些人物、那些情事，殷殷對望、切切交心，有時會朗聲大笑，有時則伏案悲泣。我們同生共存、水乳交融，彼此都付出得淋漓盡致、瘋魔到徹徹底底。

沒錯，我侵入了他們的記憶、揭開了他們的封印；他們則左右了我的生活、滲透了我的思想。我們纏綿於小說文字，我們交鋒於戲劇情節。如今，被記實又寫意的他們，帶著土地的深情、歷史的滄桑、生活的哀樂，透過陳樂導演的執導、榮興客家採茶劇團的傾力製作及演出，要在臺灣最大、最頂尖的舞臺上，氣勢磅礡的再活過一次、再愛恨一回。

是的，再活一次、再愛恨一回。

虛實相參、聲光化電變幻無窮的國家劇院大舞臺上，我們努力嘗試：以詼諧演出滄桑、用小確幸映照大慘慟。搓揉了幽默、哀切、寬慰、懊悔、嬉鬧、憤懣、荒謬、驚喜……為一體，既內斂凝結又強烈爆發，呈現出大地兒女對生命的熱愛、對苦難的承擔。

是的，一定要的！再活一次、再愛恨一回！

許多被史書視為輕若鴻毛的真人真事，我們努力用小說加以記錄；無數坑坑疤疤的世間缺憾，我們期待以戲劇填補。讓駝背漢、花姑娘，與一大群強韌的鄉土小人物，出入了生與死、擺脫了仇與恨，從顛沛困頓中，演出、唱出潑辣辣，多滋多味的精彩人生。

至於，把本土小說改編成舞臺大戲，則歷經多次的磨合與修改。內容取捨、情節更易的過程雖然多艱多辛，內在的欣喜卻是無窮無限。而普通話、閩南語、客語，三種語系的轉換拿捏，縱然坎坷有加，卻也時時有著繁花盛開、奇景乍現的美妙。

「再創作」是必然的——從導演到演員、從燈光布景到音響特效。戲曲的演出、舞臺的呈現，幕前幕後必須有好多好多人，奉獻專才、提供巧思、施展妙手；平日裡，更要有很多很多人，運籌帷幄、奔走推廣、掌理庶務。

主創群及所有榮興劇團的成員，都對戲劇有著「無可救藥的樂觀、歇斯底里的狂熱」。大夥群策群力，就是卯足了強大的動力，要陪《駝背漢與花姑娘》走進國家劇院。期望在笑聲、淚水中，與觀眾們一起反省人性、思考無常；既悲憫人類在困頓中的自私與軟弱，也撫慰著剛強外表下隱隱作痛的慘傷。

微渺的我們，真的無力補造物者的粗心、圓你我失落的彩夢、修復人間死生契闊的憾恨⋯⋯。

但是，我們堅信——將缺憾還諸天地，是小人物更見真情。臺灣雖曾經是烽火大地，但是，人們用愛與包容、用感動與行動，卻是步步生蓮花的。

二〇一七年十一月三日

寫於臺北國家戲劇院首演前夕

人物表

1. 駝背漢：約二十二歲，名田哥，天生駝背。孤兒，父死母改嫁，七歲時祖父又亡。自小被趙家收養，成為被剝削的長工。人醜，性憨厚、樂天知命，專農事、善野地求生。
2. 花姑娘：約二十歲，名花妹，父母雙亡，自小被多家輪流收養，性戇直，善良。
3. 次　郎：約二十二歲，戰爭受傷，有幻覺、幻聽等嚴重的戰爭創傷壓力症候群。
4. 阿　公：老農，慈藹、敬天認命。
5. 趙添財：約五十多歲，富人、地主、性苛刻，愛孫。
6. 趙　妻：趙添財妻，約五十歲，富家太太。
7. 趙　媳：約二十五歲，丈夫戰死南洋，端莊賢慧之寡婦。
8. 老保正：村長，慈悲能幹。
9. 小田哥、小花妹、小次郎。三小無猜。
10. 男女村民多人（三姑六婆、村夫野漢）、「弄鐃」雜耍特技者數人。

序曲

（西元一九三二年）

（臺灣農村景，遠方山丘起伏、近處層層梯田，大樹、草圃……舞臺後區，村民插秧勞作兼打趣。）

（舞臺前區燈亮，三孩童：駝背漢小田哥、小次郎、小花妹，快樂地一邊玩娶新娘遊戲，一邊舞蹈、唱客家童謠）

三孩童（唱）：**【童曲】**

月光光，秀才郎；騎白馬，過蓮塘。
請媒婆，辦嫁粧，答嗒嘀滴討新娘。
討個新娘矮墩墩，煮的飯仔噴噴香；
討個新娘高喃喃，挑擔曬穀有米糧；
討個新娘笑洋洋，三餐無食空肚腸；
討個新娘嘴嘟嘟，歡喜食甜也食苦。
食得苦，不怕苦；不怕苦，脫得苦；
脫得苦，有福享；有福享，要回想。

（三孩童快樂玩耍。小花妹不小心摔倒、哭泣。小田哥、小次郎立刻扶起並拍哄。）

小花妹 哎喲～～嗯……嗚……

小田哥 花妹！惜惜！不要哭、不要哭！

小次郎 啊～～花妹，不疼，不疼，我撫撫！

小花妹 （續哭）嗯……嗚……

小田哥 花妹，乖乖！不哭、不哭！妳是咱客家庄最靚的細妹仔，我長大以後，一定要娶妳做新娘，永遠疼妳！

小次郎 哼！田哥，你生來就駝背，又是沒爹沒娘的孩子，花妹怎會嫁給你？她應該要嫁給我才對！

小田哥 不！我還有阿公，他是天下最好的阿公！

小次郎 你阿公那麼老又有病，能照顧你到甚麼時候？

小田哥 你不要亂說，我阿公會照顧我到長大！

小次郎 我又沒亂說！你阿公本來就、有、病！

小田哥 你亂說、亂亂說……。

（小田哥、小次郎爭吵、扭打）

小花妹 好啦！你兩個不要相爭，誰對我好，我就嫁給誰。

小田哥 （掏口袋，把蕃薯遞給花妹）花妹，這是我早上沒吃，省下來，特別留給妳的。

小花妹 （聞）哇！真香！

小次郎 （掏出梳子，得意高舉）花妹！妳看！

小花妹 （驚呼）哇！

小次郎 這是我從家裡拿出來的梳子，送給妳，做聘禮！

小花妹 送給我的？

小次郎 嗯！

（小花妹把蕃薯塞還小田哥，轉身接過梳子，歡喜觀賞。）

小花妹 好靚的梳子呀！

（小田哥嘟嘴、吃醋。小花妹開心蹦跳，腳又疼了，唉唉叫。小田哥、小次郎又哄她。）

（前區燈稍暗）

一　天命子然

（後區燈亮，勞動的合唱聲音漸大，莊稼民眾，歌舞上場。三孩童停止耍鬧。手指後區，注視。再暗下。）

眾村民（唱）：

嘿吼！嘿吼！嘿吼！嘿吼！……

群山蒼蒼，綠水泱泱，臺灣真正好地方。

耕種蒔秧，寒來暑往，風調雨順百家祥。

禦寒天，抗凍霜，天災人禍志堅強。

討妻生子，安居無恙，客家子弟勇擔當。

嘿吼！嘿吼！嘿吼！嘿吼！……

群山蒼蒼，綠水泱泱，臺灣真正好地方。

…………………………

（重複歌舞，節奏加快。再漸歇）

（某村民偷懶、躲藏，數板念作）

男村民甲：
唉呀呀！日頭哪！赤炎炎，
曬得我，頭殼目眉兼腰骨，全身軀，咻咻疼。
哎喲喲喲！漬漬漬……疼呿呿！呿呿疼！
嘿～～我就開足走、走開足，藏草圃伊嘟匿樹下。
涼風吹呀吹，輕輕鬆鬆，足手不酸麻，
勿要學，憨阿公，做牛又做馬，
一世人磨拖呀！一世人磨拖！

男村民乙（尋找甲，拉甲的耳朵，拖出來，教訓之，念）：【數板】
歹瓜多籽、歹人多言語。
不耕田、不蒔秧，哪有好年冬？
秋風起，冷吱吱；寒天到，冷霜凍，
羅漢腳（單身漢），無妻無兒，四處流浪。
牛頭馬面，會抓你見閻王呀！見閻王！

挑擔者（內白）來喔！來吃點心囉！
（挑擔者上場，以功夫底子做出：沉重、晃擔、換肩、差點跌跤打翻擔子、救回……等動作。男村民甲、乙配合做拉、扯、爭、搶、扶、助……等滑稽動作。）

女村民乙 欸、欸、欸！別耍別鬧！我們是沒錢的長工，做生做死，賺無三文錢。擔頭點心若傾倒，你是沒吃又要賠！

（地主趙添財暗上，聽）

男村民丙 是呀！是呀！我們的地主趙添財，做人可比漬鹹菜。酸溜溜又鹹嘟嘟；褲袋就像萬丈坑，深～～深～～深～～，拿錢發錢，就像要他的命！

女村民丁 是呀！是呀！連叫人擔來的下午點心，也不會是香噴噴的鹹粥、噴噴香的粄圓湯；更加不是天～～壽～～好吃的芋仔粄、菜頭粄、糯米粽，只有……

（撞見趙添財，驚嚇，噤聲，掩嘴）

趙添財 哼！你們這些長工，生吃死坐，在這裡做甚麼？拿我的錢還說我的壞話！不要吃就扛回去！

男村民甲 好了！好了！蕃薯煮蕃麥，蔭豉配菜脯，愛性命就加減吞吧！

（趙添財瞅見三孩童在角落玩耍，氣沖沖拆散。拉住次郎，責罵小田哥與小花妹）

（後區，老阿公暗上，彎腰鋤地、擦汗）

趙添財 哼！你們這些野小孩！無規無矩，歸身黑嗦嗦，也敢跟我的後生一起變鬼變怪，牽手作戲！

小次郎 阿爸，捏咿～～（掙脫，裝鬼臉。小花妹拍手笑）

（趙添財追小次郎、小花妹下。小田哥奔至後區找阿公）

（前區眾人或蹲或坐，圍在樹下，端碗拿筷，一邊吃喝點心，一邊聊天。）

女村民甲 阿公、田哥！快快過來休息一下，來吃蕃薯湯！

阿　公　好啦、好啦！田哥，乖孫仔！你先去，去食點心！

小田哥　阿公，我們作夥來去！

阿　公　你先去，去～～啦！

（小田哥緩緩往前區走去）

女村民乙　唉！你們看啊！戇阿公惜駝背孫，惜來惜去，哪有出頭的日子？

男村民甲　是呀！十年來，阿公日也搖、夜也惜，把屎把尿。唉！艱苦無了時喲！

男村民丙　無法度呀！老人家，兩蕊目珠，黏到蛤仔肉、沾著牛屎，將壞銅爛鐵，當作是金銀鑽石啦！

眾女村民　夭壽喔！說甚麼話？無良心！

女村民乙　齁！死了，你會被打落阿鼻地獄喔！

女村民丙　哼！罵別人壞銅爛鐵！

女村民甲　自己才是破鑼爛鼓！

女村民乙　你呀你！閃開！閃開！

（女村民甲舀一碗蕃薯湯給小田哥，表現呵護愛憐。眾村民再暗下。阿公拿鋤頭，緩緩走向前區，小田哥端給阿公喝。阿公唱時，小田哥先在樹下玩耍，躡手躡腳、抓蟲補蟬等小動作。再回到阿公身邊，二人互動，呈現祖孫情深。）

阿　公（唱）：

心不捨，淚直落，可憐乖孫命坎坷；

未出世　親父即命休；一落地　母改嫁不回頭。
可憐他，天生龍骨伸不直，揹個羅鍋像駱駝。
（帶白：無父無母、無兄無弟，我苦命駝背孫呀！）
老漢雖是風中燭、霧中燈，也要照亮乖孫一生。
為他擋風雨、教他學禮儀。
一枝寒草一點露，蒼天豈斷人生機？
慈心與硬頸　必能抗災又抗逆。
我苦命的駝背孫田哥呀～～，雖然無法頂天地立，
雙腳紮根，必會步步留足跡，步步留足跡！
（阿公唱完，因過度勞累，急症攻心，痛苦掙扎，倒地。小駝背漢哭喊）
小田哥　阿公！阿公！阿公～～
幕　後（唱）：天威難測風雲與，旦夕禍福豈能憑？
公疼孫，拚老命，變英靈。
春回人不回，天倫夢碎傾。

茫茫天地，孑然一身，田哥駝背苦零丁。

（燈漸暗）

（第一場結束）

二　湛湛青天

（燈光緩亮。送葬音樂大起。執白幡的送葬隊伍，魚貫而出，緩繞場。）

（老保正（村長）帶著穿孝服的小田哥。小田哥端香爐，爐裡插神主牌。）

老保正（呼喊）歸西喲～～歸西啊～～

（唱）：接引亡靈仙佛到。

眾　人（呼喊）歸西喲～～歸西啊～～（續繞場）

（趙添財夫妻暗上。舞臺右側燈亮，在喪樂聲中對白）

趙　妻　哼！安葬他，花了我這麼多錢。要我花錢，就是在挖我的心頭肉。嗚嗚～～我怎麼這麼苦命啊！

趙添財　好啦！都說老阿公突然死在我們的田裡，陰魂不散，不好好給他安葬，那田地還有誰敢要？

趙　妻　他明明就是為了照顧那個駝背孫累死的，關我們趙家甚麼事啊？

趙添財　哎！算我們倒楣啦！先花錢安葬他，等日後，我一定把今天花的錢都從這些長工身上討回來！

送葬隊伍（唱）：

人間事，陰陽繞，但能行善避凶兆。

悲自苦，當自曉，歡欣可供今人弔。

悲淚隨，紙箔燒，孝子賢孫哭哀號。

（小田哥衝上哭喊：阿公～～）

小田哥（接唱）：慈阿公，急歸西，駝背孫兒誰照料？

（帶白：阿公～～）

（狂風乍起，招魂幡被捲起。）

小田哥 阿公、阿公！你要飛去哪裡？

（招魂幡慢慢飄落在阿公猝死的田中央。）

老保正 啊！你們看——招魂幡飛落的所在，就是老阿哥做生做死，斷氣的田中央！

（眾人先驚慌，後跪地拜伏）

小田哥 阿公～～阿公～～

眾村民 老阿公～～

老保正（靈機一動狀）老阿哥呀！你一生人做牛做馬，做死在頭家的土地，一定是希望地主趙頭家，在你出山埋葬後，幫你大大辦一場「弄鐃」❶，來做功德、盡禮數，養你的駝背孫長大成人。老阿哥～～我講對不對呀？老阿哥～～

（唱）：

---

❶「弄鐃」又稱「弄鈸」，是華人多數族群的重要習俗，在喪禮出殯之後舉辦。由道士及雜耍特技人，表演各種特技或舞蹈，主要目的是「做功德」，用來安慰死者魂魄，祈求亡靈早日昇天；並有禳凶去厄之義；附帶減輕喪家的哀淒。

做生做死來耕田，撇下孤孫離人間。
可憐駝背無親眷，亡魂纏繞趙家園。

趙　妻　老保正！你想來訛人啊！小駝背的死活與我們趙家有甚麼相干？

（唱）：
趙家安葬老長工，三山國王也稱頌。
眾人得寸又進尺，活該挨餓又受窮。

老保正　老阿哥呀！你死不瞑目啊！還在擔心你的駝背孫啊！老阿哥啊！

眾村民　是呀！趙家要養駝背孫啦！

趙添財　（忙上前拉住趙妻）好啦！好啦！

（唱）：
趙家福澤十里鄉，好似菩薩軟心腸，
捨錢弄鈸祭亡靈，駝背姪兒我來養呀！我來養！

趙　妻　你說甚麼？哎喲！你瘋嗎？養一個駝背孩？你嫌我們家米太多是嗎？

趙添財 欸！老阿公死了，他的工作還是要有人來做。現在駝背還小，等養大了以後，就由他頂替阿公，免錢來做長工！

老保正、眾村民 （哭號）老阿公！老阿公！

趙　妻 好啦！好啦！就替老阿公「弄鐃」吧！

老保正 好！大家準備「弄鐃」！

眾村民 好！

（儀式音樂聲大起，燈全亮，眾村民換孝服（腰帶、頭巾原為白色，反面綁，呈紅色），開始呈現結合了傳統民俗、道教科儀、武功根底、舞美的「弄鐃」儀式）

（大型「弄鐃」活動結束。眾村民下）

（頂燈獨照小田哥，手撫老阿公的鋤頭）

小田哥 阿公～～阿公～～

（唱）：

弄鈸花，鬧采采，田哥我不愛，
只要阿公活過來，活過來陪駝背孩。
縫衫褲、唱山歌，摸田螺、割韭菜……
（帶白：阿公，阿公！你去哪裡？阿公！）
駝背孫找無您，駝背孫思念您；

要您惜我抱緊緊，永遠不離開！

阿公！（慟哭）

花妹、次郎　田哥～～

（花妹、小次郎悄悄走上，在一旁安慰）

小花妹　田哥！你別傷心，你還有我和次郎陪伴你呀！

小田哥　除了阿公就是你們對我最好。不過，我以後要做長工，沒時間出來跟你們一起玩了。

小次郎　田哥，你放心吧！我阿爸不會給你受凍挨餓的。不過，我也沒時間出來玩了。阿爸要送我去臺北，陪大哥讀書。

小花妹　次郎！你要去臺北啊！那以後都見不到面了，是嗎？

小次郎　不會啦，我都給妳一支梳子做聘禮。有時間我就會回來看妳，找你們玩！來來來！我從家裡拿來了糯米粄，給你倆人吃。

小花妹　糯米粄～～嗯，好吃！

（小田哥接過糯米粄又悲從中來）

小田哥　阿～～公～～

（燈漸暗）

（第二場結束）

三　重逢悲喜

（十年後，西元一九四二年，寒水潭春景）

幕　後（唱）：

油桐花落今又開，刻苦打拚勤持家。
十載秋冬與春夏，栽果蒔田採新茶。

（燈緩亮，成年田哥肩挑竹簍出場）

田　哥（念）：**【數板】**

十多年，目一晛，感謝添財叔　收養救我命。
田哥我　做長工，刻苦耐勞　認真打拚。
生得醜　自己知，不敢怨天　不敢照鏡。
來到河邊洗手腳，哎喲喂！
三魂七魄嚇一跳。（做驚嚇、跌倒滑稽動作）
背朝天　頭向地，行來走去像烏龜。
欸！不過哪！

人雖醜　膽識在，砍柴種樹　抓禽捕獸並拖犁。

人間少有　天下無雙，田哥我！好、將、才！

（白）來去賣竹筍囉！

花妹　（內白）別飛這麼高！

（花妹肩著包袱上場，撲蝴蝶狀）

花妹　欸欸欸～～不要飛走！我一下就抓到你！

（田哥幫忙花妹抓蝴蝶，沒抓到）

花妹　蝴蝶！不要走啊～～（失望）你唷！（抬頭、驚喜大叫）駝背的！田哥！

田哥　花妹！（大驚）

花妹　田哥、田哥、田哥、駝背的！好久沒看到你了。

（憨直的花妹驚喜、雀躍，一跳跳上田哥背上，如同小時候）

田哥　欸～～妳下來啦！（田哥緊張，不知所措）

花妹　我不要！

田哥　下來啦！

花妹　我不要！

田哥　下來啦！

花妹　我不要、不要、不要、不要、不要！哎喲！

（花妹摔落在地。田哥欲向前扶起，但害羞轉身，挑起竹簍要走。花妹張臂阻擋。）

花妹 田哥！駝背的！好久沒看到！你怎會看到我就想要走？

田哥 我、我……要去賣竹筍。

（田哥想走，花妹搶下擔子）

花妹 賣竹筍！賣竹筍有這麼急嗎？

田哥 妳看！竹筍全都掉在地上了。

花妹 哼！都嘛是你！

（兩人撿起掉在地上的竹筍。）

田哥 （背躬白）雖然小時候，三人共唱山歌兼作戲，不過，花妹她搬去隔壁村，很久沒見面了。現在看到她，我緊張到皮皮剉呀！

花妹 田哥！看到你，就讓我想到次郎少爺，我也很久沒有見到他了。

田哥 次郎少爺去到臺北城，學日文，陪大哥讀書，好像今天要回來。

花妹 田哥，這麼久沒見面，你看花妹我，有甚麼不一樣嗎？

田哥 （唱）：

斜眼偷看花姑娘，胭脂敷面髮烏亮。
好似仙女下塵地，面紅耳赤心驚慌。

花　妹（唱）：

花衫繡鞋畫柳眉，只為次郎返家來。

包袱細軟齊備好，好花結蕊並蒂開。

田　哥　花妹，妳揹著包袱，穿成這樣是為了……

花　妹　我也聽說今日次郎就要回來，我要親自見他，說……說我要嫁給他！

田　哥　甚麼？妳等他？要嫁給他？

花　妹　沒想到，卻在這裡遇到你。田哥呀！

（唱）：

寒水潭邊百花開，一心只盼郎歸來。

露水乾前佳音到，嫁入趙家吾奉待。

田　哥（唱）：

花妹一腔真情意，年少遊戲當真諦。

見她一心念次郎，駝背真情永藏匿。

田　哥　唉！

（田哥悵然，偷偷挑起擔，想離開。花妹看見，立馬阻攔。）

花妹 田哥，次郎他……田哥！你又要去哪？

田哥 我、我要去賣竹筍啦！

（兩人展現拉擔、甩擔、拉扯等身段。次郎暗上。）

花妹 欸～～田哥，陪我等次郎，不准走！

田哥 花妹～～

花妹 啊！田哥！救命啊！哎喲！

（花妹險摔跤，田哥近身緊急扶住。花妹一抬頭，看見次郎，驚喜。）

花妹 次郎！

次郎 花妹！田哥！

花妹 次郎，你回來了！

次郎 田哥！

田哥 次郎少爺，你回來啦！

次郎 花妹，妳怎麼會在這裡？你們二人在做甚麼？

花妹 我在等你啊！

次郎 等我？等我做甚麼？

花妹 等你！我要……

次郎 妳要？要甚麼？

花　妹　田哥、田哥、田哥……他、他知道！

（花妹害羞閃躲，把田哥推向次郎）

次　郎　到底要做甚麼？

田　哥　我……我……我不知道。哦！添財叔要我去賣竹筍。（轉身急走）

花　妹　啊！田哥……

（花妹把田哥拉到一邊，哀求幫忙）

花　妹　田哥，你去替我講，說我要嫁給他。我不好意思跟他說，你去幫我講啦！拜託、拜託！

（花妹害羞，站至一邊。）（田哥傷感，背躬唱）

田　哥（唱）：

花妹心聲對我講，央我為她表衷腸。
怎曉田哥心悲愴？愛慕真情勝次郎。
身殘疾無力承當，含悲牽線做紅娘。

田　哥　唉！好吧！次郎，花妹要我跟你說，她要嫁給你！

次　郎　田哥，你說甚麼？

田　哥　你還記得小時候，你答應要娶花妹做新娘嗎？花妹等到現在。嘿嘿！你難道都忘記了？

次　郎　小時候的兒戲之言，怎麼可以當真？

花　妹　當真！當真！當然嘛當真！（取出當年次郎送的木梳）這是小時候，你送我的梳子，我把它當作信物。到現在，我都還記得，小時候你給我吃的糯米粄是甚麼味道！這些事情，我都記得很清楚喔！

（花妹再從包袱中取出「超長水袖的大紅嫁衣裳」）

你們看！這是我這麼多年，幫人做工、洗衣服，賺錢節省下來做的嫁衣。田哥！次郎！你們還記得我們小時候唱的歌嗎？

（花妹站中間，將紅嫁衣的長水袖分別抛給田哥、次郎，三人成一橫線，唱起童曲【月光光】，做歌舞身段）

三人合唱：【童曲】

月光光，秀才郎。騎白馬，過蓮塘。
請媒婆，辦嫁粧，答嗒嘀滴討新娘。

次　郎（唱）：討個新娘矮墩墩，煮的飯仔噴噴香；
花　妹（念）：香飯噴噴，我為次郎做。
田　哥（唱）：討個新娘高喃喃，挑擔曬穀有米糧；
花　妹（念）：穀重甸甸我來為次郎挑；
次　郎（唱）：討個新娘笑洋洋，三餐無食空肚腸；
花　妹（念）：看我笑洋洋，你怎還會空肚腸？

田　哥（唱）：討個新娘嘴嘟嘟，歡喜食甜也食苦。

花　妹（念）：（深情盟誓）花妹我，願跟次郎同甘苦。

（花妹穿上紅嫁衣。舞臺上，三人呈倒三角形。輪流走位至中間，輪唱。三束頂燈追）

花　妹（唱）：

次郎他　神恍惚　似有它想；

為何因　拒絕我　痴心一場。

田　哥（唱）：田哥我　情專一　心似以往。

次　郎（唱）：花妹她　心單純　性情莽撞。

花　妹（唱）：

花妹一心愛次郎，一針一線縫嫁裳；

朝也思來暮也想，盼你歸來討新娘。

次　郎（唱）：父母命　去臺北　陪伴兄長，只為將我二人之情來阻擋。

花　妹（唱）：朝思暮想未曾忘，心掛約定嫁次郎。

田　哥（唱）：郎有情　妹無意　我心彷徨，花妹與我成親無希望。

次　郎（唱）：父母之命媒妁言，兩姓聯姻須戶對門當。

花　妹（唱）：

田　哥（唱）：兒時光陰沒忘記，經過十年非昔比。

次　郎（唱）：我倆雖親卻兄妹，未曾想過要娶妳。

花妹（唱）：我心此情比金堅，枉我苦等這十年。

次郎（唱）：南洋戰爭烽火起，兒時之情已惘然。

花妹（唱）：地動山搖心不變，天涯海角我情綿綿。

次郎（唱）：回頭見得駝背漢，你倆情投結良緣。

花妹、田哥（震驚）你說甚麼？

次郎　我、我……啊！他、一個傻；妳、一個痴。你們兩個才是天生的一對！

花妹　我等你這麼多年了。這些年我四處流浪，有人趕我、罵我、騙我、欺負我，我全都不要緊，就為了要等你回來。沒想到，你是一個薄情寡義的負心漢！是我瞎眼，看錯人了！

（花妹怒丟梳子，泣，奔下場）

田哥（驚喊）花妹～～花妹～～（回頭，揚起手要打次郎）你……（手到半空，落下）哼！（追花妹下）

花妹～～花妹～～

（次郎撿起梳子）

次郎　光陰十年，甚麼都已經改變，早就不是小時候不知世事了。如今，天皇徵召下南洋，我被他壓迫一定要去參戰，還不知能不能回來否？

（打雷音效）（收光，換景）（暴風驟雨，天昏地暗，閃雷陣陣，音效持續）

花妹（內唱）：雨水淚珠　洗盡殘粧，（花妹上）

（唱）：
難沖難卸　一身哀傷。
自小苦命　早逝爹娘，無依無靠　孤女流浪。
（田哥蓑衣斗笠上，做衝風冒雨身段）
田　哥　花妹！花妹！妳在哪啊？妳在哪裡啊？花妹……
（唱）：
烏天暴雨洩如柱，雷鳴地動難辨路。
為尋花妹亂亂衝，哪管危險寒潭赴。

花　妹（唱）：
花妹我　盼得次郎回故鄉，孤女不用再流浪。
嫁衣雙繡鳳與凰，誰知他歸來卻將舊情忘。
一句兄妹割斷腸，一聲是我心妄想。
寒潭水深不見底，人心比水更寒涼。

（花妹悲慟，將嫁衣披上枯樹欲上吊自盡。）

田　哥　花妹！花妹！妳不要這樣！花妹！下來啦！下來啦！

花妹　田哥！給我死！給我死！

（二人拉扯，花妹跌落地）

田哥　花妹，妳不要這樣，風雨這麼大，我先揹妳去我住的豬寮避雨好嗎？

花妹　不要啦！給我死！（痛哭）

田哥　花妹不要哭！不要哭啦！（將蓑衣披上花妹肩，花妹甩開）

花妹　你走！走開啦！

（田哥沉思後，拿出飯糰）

田哥　來！這粒飯糰先給妳吃。

花妹　我不要吃！我要去死！

田哥　好！死、死、死！要死，吃飽再去死！

（花妹接過飯糰，吃一口，又啜泣）

花妹　我、我怎會這麼命苦！

田哥　花妹！人生在世沒甚麼好計較的。死很容易；能堅強的生存下去才是有本事。現在，世界到處戰爭，天災又人禍，沒有比吃飯更重要的。有飯好吃才是真的。

花妹　田哥，你這麼好命，每餐都有白米飯可吃喔？何時才有雞肉吃？

田哥　喔！說來見笑。我自年頭到年尾，有三餐白米飯吃；雞肉嘛！從過年吃到現在了。

花妹　哇！這麼好命喔！

田哥　哪有好命？我是說：我只有過年、清明、中秋，一共只有三餐有白米飯可以吃；雞肉嘛！過年後到現在，就不曾再吃過了！

花妹　原來我們是半斤對八兩喔！

田哥　花妹……嗯！花妹……

（田哥欲言又止好幾回，終於鼓起勇氣向花妹告白）

田哥　花妹，嫁給我！

花妹　啥？你說甚麼？

田哥　花妹！讓我照顧妳，我……我會認真打拚。跟我過日子，我不會讓妳餓著。

花妹　嫁你？跟你過日子？

田哥　是啊！我二人自小就無父無母，受盡人間冷暖。小時侯，我沒能力保護妳、照顧妳，現在我有謀生的能力，雖不是很豐足，三餐溫飽不是問題。我住的豬寮雖小，不過，能遮風避雨，也算是自己的家呀！

花妹　自己的家……。

（唱）：

斗笠簑衣　懷中飯糰，證明天下男兒　不全是負心漢。

田哥他雖醜心善良，飯糰雖小卻溫暖。

想當年　兩小無猜狀：我跌倒　田哥護守身旁；

我肚餓　甜糕米粄送來嚐。現在以前沒變樣～～沒變樣。

我怎會，錯把痴心付給次郎，忘記田哥的好心腸？

看他駝背也能有依靠，……

（帶白：花妹我，要有家了！）

（花妹披上嫁衣，二人歡喜相偎身段）

幕　後（續唱）：同命相憐　相扶相依　兩人度時光～～度時光。

（第三場結束）

中場休息

四　烽火情義

（字幕：西元一九四五年）

幕　後（合唱）：

荷蘭紅毛戰失敗，國姓王爺成功來。

滿清勝利治寶島，馬關條約割全臺。

南進戰爭啟禍災，臺灣命運真悲哀！

（雞叫音效進，趙氏夫妻抓雞動作，詼諧誇張。）

（二人追逐、撲跌、頭撞頭）

趙添財　哎呀！妳抓野雞就抓啊，撞我做甚麼！

趙　妻　我又不是那個駝背，怎麼抓得住！

趙添財　好不容易才看一隻野雞，又讓牠跑走了！

趙　妻　哎！本來想來抓隻野雞，回去煮麻油，給大媳婦補補身體，比較有奶餵金孫。

趙添財　唉！現在雞跑了，我可憐的金孫阿強，又要挨餓了！

趙　妻　咱們次郎為天皇征戰，三年都未回來。太郎新婚不到一個月，也被徵召去南洋。大媳婦生下乖孫都過百天了，還沒見到他阿爸……（哭）

趙添財 全島的少年家，都去南洋做軍伕。美軍逐日來擲炸彈，田耕不得、園也無法做。若有一點點收成，也要繳納去公庫，每個人都瘦得皮包骨。

趙　妻 我的大媳婦餓得沒奶水；連我的金孫也餓到像「著猴」一樣囉！這戰爭不知道要打到甚麼時候！（大哭）

趙添財 哎！再講也無路用，快快抓雞要緊！

（雞叫音效持續進）

眾村民 （內白）大家來捉雞喔！捉雞喔！

（眾村民兩邊上，大規模做詼諧動作。）

村民丙 咦？頭家、頭家娘！你們在做甚麼？

趙添財 做甚麼？這……

趙　妻 哼！吃飽飽，運動消化啊！

趙添財 啊！對對！運動消化、運動消化！（夫妻倆做誇張的運動動作）

村民乙 哈！「打個燒屁卵，好風神！」❷

趙　妻 咦！野雞呢？你們有看到一隻野雞？跑去哪邊了呀？

村民甲 唉！連頭家、頭家娘都出來抓野雞了。這隻野雞都成精了。我三人抓了三日三夜，連一支雞毛都沒碰到。真的會氣死人！

村民乙 是呀！

❷ 客家俗語，指「打腫臉充胖子」。

村民丙 頭家，甚麼是「著猴」？

趙添財 （怒斥）甚麼「著猴」？看你這樣子，才是「著猴」呢！（眾村民笑）

村民甲 唉！「著猴」就是小孩子，無母乳吃、沒米湯飼，無營無養，餓到消瘦無肉，「胸崁像樓梯，腹肚像水櫃。雙隻手，麻骨枝。兩隻腳，草蜢腿。」三分不像人，七分像猴猻啦！

女村民甲 我們庄裡的幼嬰，十個有九個，餓到像「著猴」一樣！

村民乙 我們做長輩的，一點辦法都無，真見笑！

村民丙 只有田哥駝背漢，身勇壯、腳手伶俐，很會打獵，花妹和幼嬰仔被他養到肥滋滋！

女村民乙 欸！對耶！田哥的小孩子今天滿月！

村民甲 來！我們去討點東西吃。

村民丙 好啊！你去認駝背仔做阿爸，分一點野兔肉來吃！

村民甲 哼！你才去認田哥做阿公咧！

村民丙 若無，去叫花妹一聲「阿母」！跪落地跟她說「阿母，我想要吃奶、我想要吃奶」！

（眾村民笑）（村民肚子咕嚕叫）

趙添財 你看你們這些人，肚子餓成這樣，還在這裡「打嘴鼓」！

（趙添財肚子咕嚕叫，眾村民又笑）

村民乙 大腸牽小腸，肚子空空唱山歌！

（全體歌舞，場面滑稽逗趣又帶無奈）

眾　人（唱）：**【童謠：嘴嘟嘟】**

嘴嘟嘟　賣豆腐。
嘴扁扁　賣牛眼。
嘴圓圓　賣粄圓。
嘴長長　賣豬腸。

眾　人　「唉喲喲！愈想肚愈餓～～餓死人，真正是會餓死人囉！」

（村民鬥鬧下場，燈暗，束燈照著趙添財、趙妻，二人對唱）

趙添財（唱）：認真栽培我兩兒，音樂畫圖兼做詩。

趙　妻（唱）：南進戰爭皇令到，臺灣兒郎全徵去。

趙添財（唱）：過海漂洋上戰場，離鄉千里罔生死。

趙　妻（唱）：媳婦思君日夜哭，孫兒無奶斷生機。

趙添財（唱）：來到豬寮問詳細，錦囊條條有妙計。

趙　妻（唱）：為救金孫免「著猴」，要軟要硬不推辭！

（趙氏夫妻下。燈緩亮，豬寮景）

田　哥（內白）花妹，孩子滿月囉！來！我們來去拜謝三山國王爺。

（田哥提紅謝籃、花妹抱嬰兒，從豬寮家鑽出來。二人相偕上，甜蜜恩愛。）

田　哥（唱）：

拜神拜地拜上蒼，甘露潤田去寒荒。

從此豬寮不孤單，有妻有兒駝背漢。

哎哎哎喲……，有妻有兒駝背漢！

（眾村民、趙氏夫妻四面八方上）

眾村民　恭喜！恭喜！恭喜！

老保正　來、來、來！花妹，讓我來抱一下幼嬰仔。

（念）：【數板】

手抱幼嬰心歡喜，大頭大面蒜頭鼻，

天生有錢有福氣，紅包祝福好養飼。（掏紅包塞給嬰孩）

村民丙　保正伯公，我也是小囝孩，也要討紅包。

村民甲　你們看他——老嬰老嬰四十歲，看到頭暈嘴吐血！

頭家、頭家娘，如果次郎當年娶了花妹，說不定你們現在也抱第二個金孫了。

趙添財　這……哼！隨便講講！

女村民乙 你們看！這孩子白白胖胖，真得人疼！

眾村民 是啊！

村民丙 咦！這個小孩子怎會和田哥不怎麼像啊？

眾村民 啥？

村民丙 大家來看看，真的不像啊！

女村民乙 不要亂講！

村民丙 田哥！這小孩是不是花妹在外面……？

花　妹 你說甚麼！你再說！你再說！

（花妹生氣搶起老保正的菸桿，開始追打村民丙，眾人也一起追罵，田哥勸阻花妹。）

田　哥 花妹，不要這樣啦！不要這樣啦！

村民丙 真的不太像啊！

花　妹 你再說一次！（憤怒）

田　哥 花妹呀！

（唱）：

是妳十月足懷胎，忍受千辛萬苦來。

是我感恩來接生，豬寮眠床斷臍帶。

夫妻合力無疑猜，喜迎咱子人間來。

流言惡語難相害，天倫骨肉樂開懷。

女村民甲 喔！我知道了！你們看——這小孩子白白胖胖，田哥娶花妹，將好吃的東西全部給花妹補身體了，自己餓得瘦巴巴的，不用說當然不像他！（趙氏夫妻暗上）

眾村民 是啊！是啊！

老保正 花妹！田哥真是個好丈夫！

眾村民 好丈夫！

（趙氏夫妻作勢，正欲說話）（音效轟炸機聲由遠及近，投彈爆炸聲四起）

老保正 壞了、壞了！美國鬼子飛機又來臺灣爆擊了，趕緊逃命喔！趕緊逃命喔！

眾村民 啊！慘了，趕快逃命啊！

（田哥、花妹抱著孩子躲進豬寮。村民四散潰逃。趙氏夫妻在石頭下躲避轟炸。）

（趙媳抱嬰兒阿強上）

趙　媳 阿爸、阿母！阿爸、阿母！阿爸、阿母！

（趙氏夫妻從石頭下爬出來）

趙　妻 大媳婦，妳怎麼抱著阿強跑出來了啊？

趙　媳 阿爸、阿母，我聽到外面轟炸，阿強餓得直哭，家裡也沒有吃的，我只好抱他出來找你們。（空襲聲漸小）

趙　妻 唉，那我們趕快回家、趕快回家！

趙添財 回去也會餓死，為了我的金孫，總要想辦法啊！看我的！田哥，田哥！你給我出來！

（田哥從豬寮鑽出）（婆媳抱孫至側臺稍暗區，相互安慰狀）

田　哥 來了！來了！添財叔，甚麼事啊？

趙添財 無耕無種，好吃又懶作！哼！我養你這隻大老鼠，咬我趙家的布袋！

田　哥 添財叔，我田有蒔、園有耕。田哥我做長工，無偷懶！

趙添財 那你為甚麼藏米又偷雞啊？

田　哥 （跪地）添財叔，冤枉呀！天大地大的冤枉呀！

趙添財 （念）：

我問田哥你，若無偷米又偷雞，

為何全庄人瘦巴巴，餓到若殭屍，

花妹你的妻，面肉光閃閃、水噹噹；

你的滿月兒，獪「著猴」，身軀無黃丕丕？

田　哥 啊！添財叔呀，我入深山，認真去打獵。（模擬動作）捉野兔、撈溪哥、釣蛤蟆、捉鱸鰻……花妹她不會揀吃（挑嘴），所以才有奶水，可養紅嬰仔。

趙添財 你這駝背漢啊！

（唱）：

喊長工　摸良心　仔細思量，
你阿公　是趙家出錢埋葬；
你無爹無娘是我養，戰火連天鬧饑荒。
主人挨餓，奴才吃辣喝香？
今後　食物全交出　還要花妹做乳娘。

田　哥　添財叔！
（唱）：
頭家生氣將我罵，田哥雙足忙跪下，
抓著魚蝦和斑鴿，全部送去阿叔家。
（夾白：不過……）

趙添財　不過甚麼？你敢反抗？

田　哥　阿叔！
（接唱）：
我妻花妹憨呆呆，粗腳重蹄黑又壞，
哪有資格做乳母，養您趙家寶貝孩。

趙　妻　唉！叫她來，她就來。乳母錢嘛！好啦！我、我就大出血，慷慨、慷慨——付雙倍！還有、還有

（思索、隨口瞎掰）欸！對囉！古早人有講：

（唱）：女人雙奶餵雙兒，天賜金銀好運來！

趙夫妻 田哥、花妹，你夫妻出運囉！出運囉！

田　哥 阿叔、阿嬸，您們也知！現在戰爭激烈，再多錢，也難買救命米！

趙添財 你……你也敢拒絕頭家！

趙　妻 田哥！你若是不答應，我就敢……

田　哥 阿嬸，您敢怎樣？

（花妹在豬寮門口觀望）

趙　妻 我就敢……跪──你──！（趙家三人突然下跪，田哥驚嚇。）

田　哥 頭家、頭家娘不要這樣……（扶起趙夫婦）

趙　媳 花妹！（趙媳跑向花妹）花妹！我求妳救我的孩子，我求妳。花妹呀！

（唱）：

怪只怪，日本貪婪起戰禍，

夫君兄弟齊入伍，望眼欲穿音訊無。

高堂無依妻兒憂，戰爭採收無剩留；

可憐幼嬰受饑餓，缺糧欠食滿面愁。
若無乳娘子命休～～子命休。（趙媳泣，田哥與花妹不知所措）
（帶白：花妹，我求妳了！）（趙媳跪下，呈上嬰兒。花妹躲開）

趙夫婦 花妹，求妳了！（趙夫婦再下跪。花妹左右為難，往前區走）

趙　媳 （膝行追）花妹！我求妳，救我的孩子……（花妹轉身走開）花妹！我求妳救我的孩子……我可憐的兒子啊！
（趙媳哭喊，癱坐在地。嬰兒哭聲音效起。花妹不忍，回頭伸手，接過阿強）（田哥疼惜又難過）

花　妹 來！阿強，乳母惜！

趙　媳 花妹！（喜泣）阿爸、阿母，咱阿強有救囉！

趙　妻 這樣好，這樣就好了！

花　妹 雖然當初趙家嫌棄我，不准次郎娶我。可是，我花妹從小無父無母，也是捧別人的碗，吃「百家飯」長大的。我不能眼睜睜看著你們的金孫餓死！田哥說過，豬寮雖然破爛，不過還能遮風避雨。就在這豬寮，我要養大兩個小孩子，來！阿強，乳母惜！
（花妹豬寮前坐下，轉身向後，作哺乳動作）

幕　後（唱）：
一身纖弱滿情懷，雙乳哺養一雙孩。

天災人禍能忍耐，母愛真情抗陰霾！

花　妹　阿強乖，乳母唱歌給你聽。（眾人慢慢圍攏花妹、田哥）

（唱）：**【童曲】**

月光光，秀才郎；騎白馬，過蓮塘。

請媒婆，辦嫁粧，

（側舞臺高處，燈漸亮，次郎穿襤褸軍裝，拄拐杖，半瘋癲，暗上）

次　郎（接唱）：答嗒嘀滴討新娘……

眾　人（驚呼）次郎?!

（燈收）

（第四場結束）

五　天昏地暗

（前區，頂燈照趙氏夫妻，趙妻崩潰在地，痛哭）

趙　妻　太郎！我兒！可憐太郎啊！連個全屍都沒回來；次郎連腿都炸瘸了，眼睛看人直勾勾。我歹命呀！要怎樣才好啊！

趙添財　好啦！哭也無用，這該死的日本天皇啊！走啦！回家啦！

趙　妻　太郎啊！我兒！

（前區燈暗，趙夫妻下）

（右區燈緩亮。花妹坐在豬寮外，背上揹己兒，手上抱阿強，搖哄著。左區，次郎換服，拄拐杖坐在石堆上。）

花　妹　搖呀搖！惜呀惜！三個月，久長長。兩幼嬰，我日也搖、夜也惜！喔！阿強今天很乖喲！我們來飛高高好嗎！一、二、三、四咻～～一、二、三、四咻～～很好玩喔！乳母抱，乳母惜……

次　郎（唱念）：【童曲】

月光光，秀才郎；騎白馬，過蓮塘。

請媒婆，辦嫁粧，答嗒嘀滴討新娘……（半瘋癲狀）

（次郎慢慢逼近花妹，花妹驚慌）

花妹 是他！又是次郎少爺。他回來以後，就在我豬寮外，痴痴呆呆直看人，實在好嚇人啊！

次郎（唱）：

盡忠天皇腳被炸，千辛萬苦轉回家。

無情炮彈奪兄命，叫天不應但悲嗟。

花妹（唱）：可憐阿強死親父，花妹憐孤相持扶。

次郎（夾念）：

月光光，秀才郎；騎白馬，過蓮塘，請媒婆辦嫁粧，

答嗒嘀滴討新娘……（更瘋癲狀）

花妹（續唱）：為免他人惡語嘲，手抱雙兒尋我夫。

次郎（唱）：

南洋戰爭真可怕，瘧疾霍亂兼毒蛇。

戰爭惡夢日夜纏，無妻無子盡傷疤。

花　妹（唱）：

次郎混亂兼癲狂，手抱嬰兒緊提防。
莫非男人貪色性，跟前跟後心慌張。

次　郎　姪子！姪子……太郎阿兄！阿兄！原諒我無法救你、埋葬你，只有剪下你的指甲與頭毛，帶回去給父母、阿嫂與姪兒。阿兄！

次　郎（唱）：

戰爭殘酷無人性，看兄幼嬰得安寧。
烽火連天生死鬥，殺人被殺血淋淋。

（男村民鋤地、夯土，勞作歌舞）（花妹暗下）

男村民　嘿吼！嘿吼！嘿吼！……（持續勞作歌舞）

次　郎　人！這麼多人！全部都是人！屍體！屍體！全都是屍體！

（男村民勞作聲驚嚇次郎，陷入幻覺。音效轉為日本軍歌【臺灣軍】。次郎立正行軍禮）

次　郎　天皇萬歲、萬歲！我會勇敢殺敵……

（次郎幻覺中，以為村民是敵軍、把鋤頭認作槍枝。雙方激烈開打）（花妹暗上）

花　妹（唱）：看他恍惚嘴亂念，發癲發狂似火焰。

次　郎（唱）：兄死南洋難收埋，曝屍荒野不應該。

花　妹（唱）：次郎痛哭滿臉淚，戰場慘烈伴身隨。

次　郎（唱）：心狂意亂全幻影，今時來世難超生。

男村民　殺！殺！殺！

次　郎　啊～～啊～～

（次郎瘋狂，完全陷入戰爭幻影中。自己一陣攻擊與防禦）

（眾村民恢復勞動狀，四散下場）

（花妹驚慌安撫背上的兒子及懷中阿強）

花　妹　阿強乖！不要哭！

次　郎　姪子！姪子！阿強！阿強！

（次郎看見花妹手中嬰兒，上前搶奪。花妹護嬰。）

（二人強烈攻防後，花妹被絆倒，次郎搶走嬰兒，高舉，欲摔狀。）

花　妹　不要、不要！次郎！把孩子還給我！

（嬰兒大哭音效進，持續）

（二人再一陣搶奪後，花妹決定用念兒歌安撫次郎及孩子）

（次郎一聽，茫然、頓住又突發瘋癲）

花妹　阿強！不要哭！乳母唱歌給你聽……（緊張唱）

花妹（唱）：**【童曲】**

月光光，秀才郎；騎白馬，過蓮塘！

請媒婆，辦嫁粧，答嗒嘀滴討新娘。

看次郎　混亂顛狂將兒搶，嚇得花妹心神慌；

兩兒啼叫痛娘心，急忙慰兒將歌唱：

【童曲】

討個新娘矮墩墩，煮的飯仔噴噴香；

次郎（唱）：桑田荒　滿目淒涼；瓦無存　哪能聞到米飯香？

花妹　把孩子還給我、還給我！次郎！

（唱）：**【童曲】**

討個新娘高喃喃，挑擔曬穀有米糧。

次郎（唱）：動起干戈民受難，哪能娶妻把福享。

花妹（唱）：**【童曲】**

討個新娘笑洋洋，三餐無食空肚腸；

次郎（唱）：逃的逃　死的死　戰事緊急，沒吃也要上戰場。

花妹（唱）：**【童曲】**

討個新娘嘴嘟嘟，歡喜食甜也食苦。

次郎（唱）：喊天不應地不佑，步重沉沉踏血路。

花妹（唱）：

嬰孩啼哭亂我心，次郎癲狂失理性；

那是你的親姪兒，不可做出傻事情。

次郎（唱）：為姪兒　妖魔惡鬼盡蕩除，讓你永不再受苦。

（高舉嬰兒欲摔狀）

花妹　次郎，你、你不要這樣！（嬰兒哭聲音效漸收）來！你慢慢聽我說……

花妹（唱）：【童曲】

食得苦，不怕苦；不怕苦，脫得苦；（次郎情緒漸平穩）

脫得苦，有福享；有福享，要回想。

（白）有福享，要回想！次郎！阿強肚子餓了，你把小孩子給我好嗎？

（花妹抱回孩子。次郎崩潰，慟哭，羞愧，下場）（花妹精疲力盡狀）

花妹（唱）：

次郎狂亂暫平消，一身冷汗苦疲勞；

心驚膽顫神飄渺，急奔山間　我要將田哥找。

（帶白：田哥～～田哥～～）

（花妹暈厥倒地，嬰兒哭聲音效進）（田哥上，發現，驚呼）

田　哥　花妹！花妹！

幕　後（合唱）：

啊～～啊～～

花妹一心救孤兒，可憐魂歸離恨天。

肝腸寸斷駝背漢，手抱愛妻淚斑斑。

（音效漸收，燈緩暗）

（第五場結束）

六　重見天日

（悲傷音樂起，燈緩亮。側臺有象徵性之喪事棚架。前區設雙搖籃。）

（田哥頭裹白布，悲淒上）

田　哥　花妹～～我連一碗腳尾飯都沒辦法拜給妳。（泣）

（唱）：

甕仔布袋糧吃空，點滴無米可煮用；

面對亡妻心酸冷，怎忍妳黃泉饑餓窮！

（帶白：花妹～～我妻～～）

（次郎換服，不瘋癲，端腳尾飯暗上）

次　郎　田哥！

田　哥　次郎，你來做甚麼？

次　郎　這是我阿母要我送來給花妹的一碗「腳尾飯」！

（次郎將腳尾飯放在桌上）

（田哥回頭，突然打次郎一拳，次郎撲跌倒地。）

田　哥　這一拳打你，打你拋棄苦等你十年的花妹。

次　郎　田哥，你聽我說！

（次郎掙扎起身。田哥又打次郎一拳，次郎再倒地）

田　哥　這一拳，打你今天瘋癲，嚇死花妹！你當年為甚麼拋棄她？今天又為甚麼嚇死她？花妹！我妻！

（哭）

次　郎　田哥呀！

（唱）：

三年戰亂　如走鬼門關，心遭蹂躪　意志被摧殘。

花妹一曲童謠響耳畔，魑魅魍魎不再將我纏。

田　哥　（白）田哥，是我錯了，是我對不起花妹，你打死我吧！（跪地）

田　哥　你……

（兩嬰兒哭聲音效進，持續。田哥抱起一個，哭一個，手忙腳亂）

田　哥　不哭不哭！阿爸惜！喔！不對！不對！阿叔惜！……（回頭看見次郎）你還在那裡跪著做甚麼？還不快快過來幫忙？

次　郎　我……

田　哥　這是你阿兄的孩子，你不照顧誰照顧啊？

（田哥將孩子抱給次郎，次郎手足無措）

田　哥　不哭……不哭……阿爸惜、阿爸惜！

次　郎　阿強乖！不哭……阿叔惜！

（兩人大做身段，各抱孩子哄不定狀。）（嬰兒哭音效漸收）

田　哥（唱）：

盼呀盼！夫妻合樂百年迎；

誰料想！一場好夢早驚醒，

次　郎（唱）：

望只望！天地疼惜可憐人；

眼前呀！鰥夫幼嬰哭失聲。

田　哥（唱）：我妻受盡人間苦勞辛；母死無奶兩兒怎生存？

次　郎（唱）：恨只恨！好戰妖魔起戰禍；怨呀怨！無辜百姓命難保。

田　哥（唱）：

我問蒼天問大地，我問過往眾神明。

我妻有情又重義，我妻捨身救雙兒。

為何歹命受人欺？為何可憐飫肚饑？

【哭頭】花妹啊～～妻啊～～我的妻啊～～

為何短命早來死？

（合白）花妹～～

（兩嬰兒哭聲音效再進）（田哥、次郎想到唱童謠哄孩子）

田哥、次郎 （合白）不哭！不哭！阿爸（阿叔）惜，阿爸（阿叔）唱歌給你聽！（哭音效漸收）

田哥、次郎（合唱）：**【童曲】**

月光光，秀才郎，騎白馬，過蓮塘。

（花妹休克醒來，從側臺布簾後虛弱走出，緩緩上場）

請媒婆，辦嫁粧……

花　妹（接唱）：答嗒嘀滴討新娘！

（田哥聽見花妹聲音愣住）

田　哥 花妹?!

次　郎（唱）：討個新娘矮墩墩……

花　妹（接唱）：煮的飯仔噴噴香。

（花妹手摸田哥手上的孩子。田哥震驚）

田　哥 花妹！

（次郎以為自己又幻聽，繼續唱【童曲】）

次　郎（唱）：討個新娘高喃喃……

花妹（接唱）：挑擔曬穀有米糧。

（花妹抱起孩子。次郎抬頭一驚）

次郎 田哥！這……花妹她？

田哥 做夢！做夢！一定是做夢！花妹一定是捨不得小嬰兒，暫時還陽來餵奶。

次郎 暫時還陽？

田哥 對、對、對！一定是……

花妹 啊！白飯！

（花妹把嬰兒給田哥，用手抓腳尾飯，大口吃起來）

田哥 花妹妳慢慢吃，慢慢吃！這是妳的最後一餐腳尾飯，今世緣雖盡，來世再相逢。但願來世！有田有地，無戰無爭。感謝天地眾神，給花妹還陽餵奶，讓我見她最後一面，等待辦完後事，我定會跪拜來答謝！

花妹 田哥！你嘴裡一直念甚麼，到底要辦甚麼事？要跪甚麼人？

田哥 花妹，妳放心去吧！這兩個小孩我會好好照顧。

花妹 田哥，你哭甚麼？我又沒死！

田哥 妳沒死？

花妹 我不是好好站在這！

次郎 妳不是暫時還陽餵奶？

花妹 不是呀！我剛剛吃完腳尾飯，現在又有精神了。

田哥 我是不是在做夢啊？

（花妹為證明自己沒死，大力咬了田哥一口）

田哥 哎喲～～花妹沒死！花妹沒死！次郎，你趕快回家跟添財叔講花妹沒死！

次郎 花妹沒死！花妹沒死！花妹沒死……。

（次郎歡喜奔下）

田哥 花妹！

花妹 田哥。

田哥 花妹～～

花妹（唱）：

枉死之人未上路，心中難捨豬寮窟。
兒哭夫喊不願走，人間廳堂已搬鋪。
手抓白飯呑落肚，入懷親兒歸魂母。

田哥（接唱）：田哥驚喜如做夢，花妹還魂天賜福。

（兩人到搖籃抱起兩孩子，田哥注視花妹。）

花妹 田哥，你看甚麼？我是你今生今世，永遠的哺娘（妻子）。

田哥 花妹，妳現在身體虛弱，怎還能雙奶餵雙子？

花妹 當然要！別人的、自己的，全是我們的孩子，要養、還要疼！

（前區光亮，二人往前。後區燈光轉暗。）

花　妹（唱）：
燈火搖搖　似夢一場，生死命運天作弄；
人間情義堅如石，悲歡遭遇永擔當。

田　哥（接唱）：
戰火無情將人摧，夫妻合心共扶養；
再難再苦也能熬過，

花妹、田哥（合唱）：子孫代代久久長。

田　哥　花妹妳看，五月天下雪了

花　妹　田哥，那不是下雪，是油桐花。

田　哥　油桐花?!

花　妹　是啊，是油桐花開了！

（平和喜樂之音樂聲中，二人走向油桐樹。油桐花盛開，漫天花雨）

（第六場結束）

尾聲

（不駝背的小田哥上）

小田哥 哇！油桐花開了！快快來～～

（歡樂音樂中，小花妹、小次郎、老保正上。趙添財、趙妻、趙媳、眾村民上）（油桐花全臺飄落，眾人喜洋洋仰望、拱手，象徵戰後的追尋太平）

幕　後（合唱）：

一人有慶活生民，天道無私每不仁；
何況天災逼人禍，哀號遍野極艱辛。
求生困蹇良心在，戰亂剝蹂腥血涔；
幸有微民存道德，莫嫌駝背花姑貧。
莫嫌呀！駝背花姑貧。

全劇終

花姑娘請王瓊玲教授代為宣讀的信

——《駝背漢與花姑娘》巡演全臺記者會

花姑娘

大家好！我是花妹，住在嘉義縣風景優美的梅山鄉。村裡的人都喊我「花姑娘」。今年已經九十多歲，快滿一百了。

快要一百歲，還被人喊花姑娘，真是一件很快樂、又有點兒害羞的事呀！

我身體還不錯，還可以種種菜、養養雞、餵餵鴨。每天出門去找人談天說笑，是我最開心的事。我沒有讀過書，不認識字；但我喜歡看戲、聽故事，隨著故事哭一哭、笑一笑，再大的煩惱也不見了。

日治時代的末期，全臺灣被轟炸、糧食嚴重缺乏，許多小孩子沒飯吃、沒奶喝，餓到瘦巴巴，真的好可憐。

吃不飽的戰爭年代，我拚著一條命，「雙奶餵雙孩」所養大的兩個孩子——一個是我親生的兒子、一個是頭家的金孫，現在，早已都七十多歲了，子孫滿堂了。

當兩家的孫子、曾孫子，大聲喊我「阿嬤」、「阿祖」的時候，我真的很高興、很幸福。俗語說：「雙奶餵雙孩，金銀天賜來。」雖然，上天騙我，沒有給我黃金，但是，卻給我比黃金更重要、更美好的東西，所以我很感恩。

謝謝王瓊玲教授，把我與田哥的故事，寫成了小說《駝背漢與花姑娘》，再編成了很好看的戲。我自己在國家戲劇院看了兩遍，看得哈哈大笑、也看到痛哭流涕。兒子不讓我上臺去，要不然，我好想大聲告訴大家：「戲裡的花姑娘就是我。從前流浪的小孤女，現在子孫滿堂，脫離苦海了。」

最後，問大家一個小問題：「從古至今，還有人像我一樣，死去又活來，吃過『腳尾飯』嗎？」

如果有的話，請他到嘉義梅山來找我，我親自下廚房，請他吃一頓有魚有肉，最、最、最好吃的大餐。

二〇一八年七月五日

新編客家精緻大戲

《一夜新娘一世妻》

小說原著：王瓊玲《一夜新娘》

編劇：王瓊玲

製作演出：榮興客家採茶劇團

寫演《一夜新娘》的小說與戲劇

王瓊玲

我的童年很豐富，因為，父親是梅山鄉十八個山村的「公道伯」，村與村的紛爭、人與人的恩怨，常常在我家小小的客廳內被精采重演、被努力解決。

所以，從小到大，我像看舞臺戲的觀眾，在各式各樣的劇情片中，被震撼、被教導、被感動。所以，我的小說與戲劇所描述的，大都是卑卑微微的小人物，生存在清水溪、寒水潭、大尖山、屈尺嶺等故鄉山水中，翻騰打滾、血汗淋漓的現實人生。

二十年前，「公道伯」走了，我與姊姊帶著老媽媽去日本旅行，想轉移或減輕她的悲慟。在明治神社的蒼蒼大樹之下，一位日本老婦人與她聊了起來。

天呀！那時我才發現媽媽的日語竟然那麼流利，流利到連導遊都佩服到五體投地。

但是，太平洋戰爭結束了，日本無條件投降，臺灣「又」換了另一批統治者。我那青春正盛、日文流利的媽媽，從此變回文盲——華文方塊字世界裡的新文盲。她的身分證上的教育程度欄，被標寫著「不識字」；在一連串「去日化」、「去臺化」的嚴格政令下，她的親兒孫們，竟然真的以為她是文盲！

回臺灣後，我藉著閒聊、撒嬌，陪著老媽媽一步步走回她的青春年華，一件件、一樁樁的聆聽那日治時期、殖民歲月裡感人的愛、恨、情、仇。

那些愛、恨、情、仇，真的是感人肺腑呀！怎忍心讓它隨風而逝？所以，我考據了史料、詢問了耆老、請教了專家，再用三年的時間，一字一句去描摹那一段青春光燦、現實多磨、又殘酷戰亂的人生物語。

有一回，老媽媽拿出一件保存得很慎重、很完整的日本女性和服給我看。她告訴我：

「教我演講的日本老師，在日本投降之後，便完全沒有學校的薪水可領，還必須等候船期來接回日本去，那幾個月當中，他幾乎活不下去。這時候，我把所種的蕃薯園劃出一大塊送給他，要他儘管去挖來吃，吃剩下的，還可以拿到街上去賣。就這樣，他渡過了那最難挨的時刻。臨回日本前，他拿他妻子的和服來送給我，請我不棄嫌的收下，因為，那是很好的布料，將來我出嫁時，可以改成花洋裝，要不然，孩子生下來時，也可以裁製成尿布……」

而十幾年前，九十幾歲的日本老師重回臺灣，我陪著老媽媽，捧著和服去見他。他一見和服，竟然渾身顫抖，痛哭失聲，久久難以平復。原來，他一九四五年歲末，回到了東京，他的家卻早在三年前的「杜立德大轟炸」中，被夷為平地，父、母、妻、兒、女，一家五口，全部罹難。他哭著說：「這件保留在臺灣的和服，是我家人唯一的遺物了。」

在臺灣，親日、仇日、哈日，分切得那麼深、糾葛得那麼緊，我無法完全的釐清原因，只想藉著小說與戲劇，從人性的多重角度、從生活的真實層面，仔細重建那一段殖民歲月的場景，再把每一個角色都安排妥當，再讓他們血肉鮮活地呈現內在的掙扎、愛恨、慾求、理想……。

所以，從小說到不同種類的戲劇裡，都沒有大義凜然的民族主義、沒有視死如歸的英雄好漢、沒有小丑跳樑或殺人如草芥的日本人；更沒有一棋定江山、一柱擎天地的偉大情節……戲中只有一群卑微的小人物，他們有時堅強、有時脆弱、有時果決、有時打混，把寬厚、欺蒙、仁慈、狠心、感恩、怨恨……全都混淆在一起了。而男女主角在亂世裡的戀愛，談得那麼真誠、那麼卑微，卻也被大時代的颶風連根拔起，刮蕩飄颻在無情又無理的戰爭中。

但是，亂離的歲月中，還是有穩定的力量，那是來自土地的溫暖、來自人性的無邪……。

我們很努力，也期待著您的共鳴與指正。

二〇二〇年六月二十七日

寫於臺灣戲曲中心大表演廳首演前夕

人物表

1. 春　妹：小農女。十八歲，聰明慧黠，活潑好學，敢愛敢犧牲。
2. 邱　信：男主角，山區日文講師。二十出頭，個性忠厚信實，與春妹師生戀。最後，為保護學生與村民，應徵下南洋作戰。
3. 阿　招：孤兒，被阿順伯公撫養成人，二十多歲，貌醜人善良。以打銅鑼報訊營生。深愛春妹。為保護春妹所愛的邱信，也自願應徵下南洋作戰。
4. 阿順伯公：老保正（村長），七十二歲。內剛正、外圓融。為保護村民，常需要「捏扁兼搓圓」，遊走於臺、日的刀鋒上。
5. 小阿桐：春妹小弟。與牛有極深厚的感情。
6. 宮城次郎：三十多歲，日本督學，離鄉背井到臺灣督導皇民化教育。本性善良，卻不得不奉行軍國主義。
7. 阿旺嫂：八婆型的媒人婆，嘴碎、好鬥、搬弄是非。但本性又不太壞。
8. 男女舞者：分別扮演「春妹、邱信」以及「莎韻、田北正記」。以舞蹈演出劇中情節。
9. 金花、銀花、寶花、貴花：四女丑，媒婆阿旺嫂的小跟班。
10. 其　他：男女村民、日本警員、公務員數十人。

序曲

（約為一九九一年，時光流逝的樂曲。）

（舞臺右區，溫柔燈光緩緩亮起）

（右區稍高處，年老的春妹坐在藤椅上，眺望左遠方，回憶往事）

（春妹之子，穿西服，提一陳舊皮箱上場❶。放下。走至春妹處，母子溫馨互動，並一起眺望右遠方。老春妹訴說往事狀。）

（舞臺左區稍高處，二舞者扮成年輕的邱信與春妹，深情雙舞。）

（深情音樂持續，跑片頭字幕。）

（錄音（回憶音效）——日本年輕夫婦：宮城次郎、春子深情款款迴音式的對白）

宮城次郎 春子さん、私は視学として台湾に赴任します。お父さん、お母さん、子供たちを君に頼みます。

（譯：春子吾妻，我要去臺灣擔任巡學。父親、母親及孩子，就麻煩您照顧了。）

春　子 ご心配なく。ご無事で帰ってくるのをお待ちしてます。

（譯：夫君請放心，我們會等候您平安歸來。）

（字幕結束，燈光轉換，音樂轉換）（演員下）

---

❶ 本劇〈序曲〉所呈現的內容：演出時媒婆阿旺嫂之外型、個性、融入爵士風格之唱腔及舞蹈；金花、銀花、寶花、貴花四女丑的加入；劇末，宮城先生留下皮箱，不攜回日本等，為導演彭俊剛先生及團員們之創意。特此說明。

一　歡喜天穿日

全劇時間：昭和十八年至二十年（一九四三—一九四五），臺灣日治末期至二次大戰終戰。

場　景：春天田野景。

人　物：春妹、邱信、阿招、伯公、阿旺嫂、男女眾村民。

（男女村民融入功夫之採茶、曬茶、焙茶舞蹈，呈現農村熱鬧氣氛，並順勢突顯女主角：春妹。）

眾　人（唱）：

山蜿蜒，水迢遠，繁花盛開景萬千。
蒔秧田，採茶園，割取黃藤入山巔。
歌纏綿，舞翩翩，客家兒女最樂天。
性真誠，隨通變，寒來暑往世代綿延。
啊～～啊～～啊……世代呀綿～～延～～。

（眾村男暗下）（伯公暗上，朝內，不住的打恭作揖，語帶無奈）（眾村女捉狹表情）

伯　公　はい！分かりました！はい！

（譯：是的！我知道了！）

伯　公　哼！死日本鬼，不准我們祭神明、拜天穿。「乞丐趕廟公」，我這老保正村長，偏偏要拜、要慶祝！看你們能對我怎麼樣？哎喲……

（伯公不慎滑跤。春妹立馬上前攙扶。村女們洶氣發笑。）

眾村女　哈哈哈……哈哈哈……

春　妹　阿順伯公，您有沒有怎樣？

伯　公　沒事！沒事！伯公我，每日早晨練身體，挑擔、撿柴沒問題。

村女甲　阿順伯公了不起，年歲活到七十二，認真打拚有元氣。

村女乙　是呀！一般的老人家：站著無元氣，倒床睡未去。現講現忘記——

眾村女　（合）留條老命直——直——去——！嘻嘻……嘻嘻……

伯　公　哼！妳們這些細妹仔！隨便亂講話。老伯公我呀！知天知地，是有仁、有義、有倫理的人！

春　妹　對呀！阿順伯公您是我們桐花庄的「三公」大官。

伯　公　咦！哪有呀？我做保正，只不過是小小的村長，可比是「豆腐乾」，甚麼時候變成「三公」這樣大？

春　妹　伯公！平常時，您是白眉白嘴鬚，古椎親切的土地阿公；維護正義的時候，是手拿關刀，氣噴噴的紅面關公；判斷是非善惡的時候，又變成鐵面無私的黑面包公。所以呀——

眾村女　「三公第一等，人人都尊敬」！

春　妹（唱）：身為保正數十年，萬項事情挑上肩。

伯　公（唱）：日本官方管制嚴，只好「捏扁兼搓圓」。

春　妹（唱）：村民爭鬧不能免，伯公化解無怨言。

伯　公（唱）：春妹溫柔心良善，惜她像孫最愛憐。

（眾村女吃醋不平）

村女甲　阿順伯公最偏心，只疼春妹她一人。

村女乙　是呀！伯公對我們呀！不理不睬，不惜不愛！

伯　公　誰叫妳們嘰嘰喳喳、劈哩啪啦，專門欺負我老人家。妳們要是再亂講話，伯公的菸桿，我就打——打落去……。

（伯公作勢用菸桿打眾村女）

眾村女　伯公打人啦！打人啦！

（眾村女閃躲，嘻笑下。）

伯　公　哈哈哈……哈哈哈……

春　妹　欸！阿順伯公，今天不是天穿日嗎？

伯　公　哎呀！對呀！被這些臭細妹仔亂亂鬧，伯公我差點老胡塗。重要天穿日，禮儀要正式。我已經交代阿招去準備囉！我們要拜祭眾神明，保庇我們桐花庄：歲歲豐收，年年太平。阿招啊——阿招——

阿招（內白）欸——

伯公 準備好了嗎？

阿招（內白）我準備好了！

（伯公、春妹下）（阿招應聲，赤腳上場）

阿招（唱）：紅蠟燭、刈金紙，傳五牲、備四果。

（白）來喔！

（男村民或手端、或肩挑各種祭品上，全場歡慶歌舞）

眾人（唱）：

打粢粑、蒸甜粄、九層粄與蘿蔔粄。

米篩目、牛汶水、鹹菜湯和豬籠粄。

（眾人歌舞中，阿招趁機偷拿偷吃，彼此攻防互動。）

勤勞準備不能拖，一條心不分你我。

客家美食不嫌多，人人吃到就呵勞（誇獎）。

拜天公、拜伯公；天穿日、拜女媧。

神明食到笑呵呵，歡——歡——喜——喜——，

大——施——福——報——。

（歌舞漸歇，伯公上）

伯公 阿招！我叫你辦牲禮祭品，你怎麼可以偷吃呢？

村民甲 拿來！（搶回阿招偷拿的祭品）

阿　招 （羞愧）伯公，從小您看我長大，個性憨直不會偏差，只不過比較ㄙㄞˇ（貪嘴），愛偷吃！

伯　公 ㄙㄞˇ吃！我看你呵！真是餓鬼出世。

阿　招 嘿嘿！下一次，不敢了！

伯　公 今天是天穿日，你怎麼穿成這樣子？我買給你的衣服怎麼不穿？

阿　招 伯公送我的，我捨不得穿。不過，我穿這樣，大家都說我很緣投（英俊）哦！

（眾人大笑）

伯　公 你啊！說你精又不精，憨又不憨，就怕你半精憨。邱信呢？他是今天的主祭，怎會還沒看到伊？

阿　招 沒來沒關係，我會！我都會！

眾村民 你？

村民甲 邱信識禮儀，精通漢文日語。

村民乙 英俊又斯文，桐花庄排第一。

村民丙、丁 人家早早就準備好了！

眾　人 （合聲）還輪不到阿招你！

伯　公 哈哈哈……哈哈哈……

（本光區漸暗）

（祭祀音樂大起，另一光區漸亮。男村民扛神轎、抬神案、捧香爐、執長甘蔗、長紅幡；女村民手執雙稻穗，魚貫緩上。）

（邱信帶領村民儀式性身段走位）

邱信　天公地母、女媧娘娘、三山國王、土地老伯公。

（唱）：

臺灣子弟誠意重，拜天祭地禮儀隆。

祈求四季順雨風，戰爭人禍永無縱。

（白）祈求列位尊神，好時好日、大吉大利。天穿日、開始典禮！

（頌）：

拜向東，溫暖春風日日送，活水潤田助農功。

拜向西，五穀豐登六畜肥，魚蝦滿溪滿水池。

拜向南，鴻圖大展路平坦，神明保庇永康安。

拜向北，天官賜福人富貴，兒孫友孝大有為。

（唱）：

東西南北虔誠拜，八方神明護全臺。

人間仇怨卸落海，客家子民樂開懷。

眾人　（歌舞中齊喊）耕田開工囉！耕田開工囉……

（眾人做完身段，紛下場。）

（燈光轉換。春妹暗上，與邱信遙相望。對唱心聲）

春妹　（唱）：看邱信，劍眉星目好人品，心生愛慕情絲縈。

邱　信（喊）喂——邱信哥！

春　妹（喊）春妹——

邱　信（唱）：看春妹，溫柔嬌美如桃杏，傾心注目暗藏情。

春　妹（唱）：

大地春回，萬紫千紅滿山巔。

少女心思，千頭萬緒放心田。

邱　信（唱）：

窈窕淑女，君子好逑，

怕只怕　無情禮教困雙燕。

（二人互動，至舞臺右後側，暗下）

阿旺嫂（內喊）Ladies Go!

（金花、銀花、寶花、貴花四女丑出場誇張歌舞，再隆重迎出阿旺嫂上場歌舞。）

阿旺嫂（唱）：

第一媒婆阿旺嫂，掌管青春眾婚姻。

自由戀愛不允准，男女授受不相親。

（白）金、銀、貴、寶：報上名來！

金　花　我金花！

銀　花　我銀花！

貴　花　我貴花！

寶　花　我寶花！

（春妹、邱信暗上場，被迫加入歌舞中）

阿旺嫂（續唱）：

腦清目明　手腳不混沌，監視全庄　誰敢種情根？

口利如刀　不驚陰德損，紅包入袋　歡喜算金銀。

（念）：

人講做人三遍喜，第一就是結成親。

新郎新娘相合意，入門代代多富貴。

（夾白：我說，邱信、春妹呀！）

阿旺嫂
眾四花（合唱）：

人生只求婚姻好，拋頭露面費辛勞。

三從四德免囉唆，女子無才無煩惱。

女子！無才！無——煩——惱……

阿旺嫂　金、銀、貴、寶妳們要好好學，媒人嘴兩塊皮，噗……會講、又會回！

眾四花 Yes!

春　妹 才不是這樣呢！女子無才煩惱多，好姻緣還是要自己來求。這樣才算幸福圓滿。

**阿旺嫂
眾四花** 幸福？圓滿？

邱　信 何況男女平等，都應該要讀書識道理呀！

（唱）：

重男輕女胸懷小，英才零落隨風飄。

公平讀書入學校，擺脫文盲上雲霄。

春　妹（唱）：

播田蒔秧雖然好，識字讀書智慧高。

操勞家事來終老，罔費青春日月昭。

阿旺嫂 No! No! No!

哼！女孩子，「讀甚麼書，越讀越輸」。春妹呀！妳從小就牛、犁、耙，逐項會。會駛牛車，又會簦水雞，妳阿爸阿母，才不甘妳出嫁，叫我找人招入門，與妳配做夫妻。

眾四花 對！招婿郎入門，配做夫妻！

**邱　信
春　妹** 要招誰？

阿旺嫂 啊！就那個阿招呀！現在全村的人只剩阿招這個窮鬼，不會顧面皮，願意「嫁入門」，哎喲！不是啦，「招」入門，做婿郎兼奴才。

春　妹 不要！我死也不要阿招。

阿旺嫂 這門親事妳爸媽已經定下，難道妳要反對？

春　妹 我不要！就是不要！

阿旺嫂 喔～～莫非你們兩人相意愛，偷偷相打電？才會不要我替春妹妳牽紅線、做媒人？

春　妹 妳不要亂講！

阿旺嫂 我才沒亂講。啊～～啊～～（逼近又挑釁狀）

春　妹 妳、妳……哼！（春妹憤怒，轉身跑下）（伯公上，兩人錯身）

伯　公 春妹——春妹——欸！阿旺嫂，飯可亂吃、話不能亂說！我雖然疼阿招，不過，他與春妹不相配。妳怎能拿一蕊美美的鮮花，插在牛屎堆？

阿旺嫂 哎喲——老伯公，你有夠笨！牛屎有營養，插那花蕊，才會愈開愈香！邱信老師，你說對嗎？

邱　信 這——伯公，我去忙了！（生氣下）

伯　公 阿信～～阿信……

眾四花 人說：「醜醜老公，吃不會空！」

阿旺嫂 我呀！是——全桐花庄，最有「道德」的大媒人！

伯　公 唉！真是：「大紅花不知醜，圓仔花醜不知！」（吹鬍子瞪眼睛，生氣狀。）

阿旺嫂 啥？伯公，你講甚麼東西？

伯　公 我說妳們呀！「三八大紅花、講話像吹嗩吶！」

（伯公拿起菸斗當嗩吶吹。樂隊嗩吶聲配合。四花笑，阿旺嫂怒。燈漸暗）

（第一場結束）

二 學堂風雲

場　景：學堂景。

人　物：春妹、邱信、伯公、阿招、宮城、公務員、眾村民。

（燈漸亮。阿招上，眾村民上，插科打諢。阿招被嘲弄，尷尬羞愧。）

村民甲　欸！阿招，聽說你要被春妹招入門囉！

村民乙　真是笑破人的嘴！

村民丙　活活笑死人喔！

眾村民　哈……

阿　招　不是、不是啦！我哪敢向天借膽！「她是美天仙，我是醜蟾蜍；她是鳳凰女，我是烏鴉兒。」

村民乙　阿招你喔！「人看人倒彈，鬼看鬼呸滴（吐口水）」，「餓狗還想要啃豬肝骨」。

阿　招　是！是！是！我「無人緣，又乞丐腺」，我是竹仔箸，絕對勿敢伸手去桌頂挾雞肉絲。

眾村民　哈……哈……

村民甲 好啦！你不敢嫁入門去給春妹招夫婿，換讓我招啦！

眾村民 阿招，要不然，（做妖嬈搞笑動作）我們坐花轎，嫁給你……哈！嫁給你！嫁給你啦！哈哈……

村女甲 好啦！好啦！不要再鬧了！今日，日本人在咱們桐花庄的「國語講習所」，就要開學了。

村民甲 是呀！叫咱們這一群不識字的青瞑牛，晚上攏總要來讀書學「國語」。

阿　招 啥是「國語」？若是客家話，咱們從小就說得順溜溜，何必浪費時間又來學？

村女乙 你喔！「人若憨痴，看臉就知」。現在，日本人統治我們臺灣，「國語」就是「ㄚ、ㄧ、ㄨ、ㄝ、ㄛ（ア、イ、ウ、エ、オ）」、「腳擊拳頭母（臺語）」。要是不認真讀書，就會被人拳打腳踢的（拳打腳踢狀）。

眾村民 哈……哈……

村女丙 聽說要教我們的老師是：「邱信」。

村民甲 巡學大人是日本人「宮城先生」❷。

村民乙 他與我們客家人，是站同一邊、同一國的？

村民丙 哼！「你睏罔睏，免做眠夢」，他是日本國，咱是臺灣人，「天差地，千萬價」喔！

村民甲 是呀！日本巡學是：大——大——大——的大官，身穿制服、威風凜凜。

阿　招 腰佩軍刀，殺氣騰騰！剁下去！喔齁～～人頭——就滾滾滾……

（伯公上，順勢打阿招腦袋瓜）

---

❷ 本名字在本劇中全用日語讀：ㄇㄧ　ㄧㄚˊ　ㄎㄧˋ　ㄒㄧㄢˊ　ㄒㄧㄝˋ。

伯公 你們這些不受教的子弟，有嘴不會說話。你們聽好了，伯公警告你們：

（念）：【數板】

讀書歸讀書，不要呆頭呆腦沒理智。

若是惹到日本人，不管三、七、二十一。

鐵槍管，撞鼻骨，凹落去；打到牙齒落、和血吞。

長管靴，踹龍骨；三魂七魄，全走光光、散噴噴。

聽清楚：你們是來讀書識字的，不是來被洗腦兼送死。知不知道？

眾人 知道！

（音樂轉換為日本軍樂風。邱信、二位公務員上，鞠躬，恭迎狀。）

（宮城次郎著日本督學裝。上場。站舞臺的右方較高區，呈現高高在上的統治者氛圍。）

宮城（唱）：

遠渡異鄉傳日化，東瀛巡學（督學）下鄉查。

南洋戰事軍情緊，天皇殖民嚴執法。

邱信（唱）：

走馬上任學堂進，日臺分寸要嚴遵。

心儀春妹藏情韻，今日為師更細心。

（春妹趕來上課。阿招幫春妹找位子，眾村民交頭接耳狀）

邱信（喊）全體學員：今天是桐花庄「國語講習所」開學典禮，咱們熱烈歡迎「日本父母國」派來的巡學：宮城先生。

（村民齊鼓掌）（宮城區燈稍暗）（阿招站至舞臺前區，燈光照）

阿　招　哇！日本巡學大官耶！但是，日本話我霧煞煞，聽不懂！

村民甲　嘿！不管聽得懂不懂，只要看到他們一抬手（敬禮動作），我們立正站好就對了。

（威嚴音樂再起。燈光照宮城區，氣氛威嚴如閱兵。激昂訓話）

宮　城　林阿順保正、邱信老師、各位學員：今天是「國語講習所」的開學典禮。大家要認真學習。（眾人做反應）這是日本天皇要掃除文盲，造福老百姓所賜的恩惠。所以，大家一聽到「天——皇——陛——下——」……

（眾人驚愕呆滯，沒反應。邱信緊張提醒）

邱　信　立正！快立正！

（眾人做誇張立正動作）（宮城繼續訓話）

宮　城　就必須立正，表示尊敬；更不要做出違背「テンノウヘイカ」（天皇陛下）的事情。

（宮城區燈稍暗，學員區燈亮。）

阿　招　（壓低聲）　齁——日本人講咱們的客家話，這麼標準喔！

二公務員　（向前，日語）気をつけ！（立正！）気をつけ！

伯　公　（示警）站好！快站好！

（阿招驚嚇，手足無措，被公務員重揮一拳，倒地。伯公向前阻止；春妹幫忙扶起阿招。）

伯　公　好了！好了！不知者無罪！

（二公務員趾高氣揚退回。）（學員區稍暗，燈照前區。）

伯公 哼！

（唱）：

日本帝國欺凌慣，臺民受苦受磨難。

教育黎民為何辦？文化根基盡摧殘。

春妹（唱）：

伯公莫愁暗悲傷，守護子弟勇擔當。

四書五經您推廣，不畏殖民勢猖狂。

邱信（唱）：

邱信屈身教日語，孔仁孟義不敢忘（ㄨㄤˊ平聲）。

客家子弟高志向，心如明月照大江。

伯公 千萬別做日本狗，不要被他們洗腦，知道嗎？

眾學員 知道！

伯公 哼！

（伯公生氣，暗下。阿招暗跟下）

（燈光轉換，宮城區燈亮。邱信向宮城鞠躬。宮城繼續威嚴訓話）

宮城 桐花庄的學員．你們要認真學「國語」兼識字。三個月後，我會挑選出一位最好的學員，代表我們桐花庄，去參加「愛國歌會」比賽！大家要認真努力啊！

眾人 嗨！（眾公務員、宮城下）

（眾人議論猜測狀，紛下）

春妹 （向前，自白）我想為桐花庄爭光，也想去大都市看看，不過，我又不會說日本話，剩三個月就要比賽了，怎麼辦？

邱信 春妹，不用擔心，我可以教妳。

（唱）：

辛勤學習兼忍耐，認真訓練我安排。

盼望春妹領頭彩，揚眉吐氣回鄉來。

春妹 （唱）：

感謝恩師誠相待，一事一曲用心栽。

青春歲月留光彩，點點滴滴在心懷。

（白）謝謝老師！（二人歡欣下）

（阿招暗上，心酸旁觀，頂燈照）

阿招 （唱）：

明知我　醜又憨，難配春妹　美貌天仙。

明知我　窮又賤，難配春妹　純潔如蓮。

笑阿招　心痴戀，想把手牽　羞愧無面。

愛春妹　苦熬煎，埋藏心田　閃在一邊。（抹淚，下）

（燈漸暗）

（第二場結束）

三　愛國歌會❸

場　景：望風亭秋景。

人　物：伯公、邱信、阿招、春妹、二舞者（扮莎韻、田北）、校長、詹母、詹德坤、二軍人、眾民眾。

（鞭炮聲大起。背景歡呼聲起，燈亮）

眾　人　（內白）恭喜喲……恭喜！春妹「愛國歌會」得頭賞了！兩次都得獎了！

（伯公、邱信、春妹三人在場上。）

伯　公　（伯公手拿二張獎狀，細看，歡喜）「嘉義郡」與「臺南州」愛國歌會頭等賞第一名，春妹呀！妳有夠厲害、有夠厲害！

（唱）：

❸ 二〇二〇年六月底至十月初，榮興客家採茶劇團本製作《一夜新娘一世妻》，巡演：臺北、苗栗、臺中、新竹、花蓮、屏東、中壢、嘉義等文化表演藝術中心，總共八場。因為受到演出地點及時間的限制，不得不將第三場〈愛國歌會〉劇情做調整。在此，劇本則儘量維持原貌，以資參考。

誇春妹　好英才，頭名獎賞拿轉來。
無枉費　我疼愛，揚眉吐氣喜滿懷。

春妹　是邱信先生、宮城巡學的栽培。

邱信　是春妹學員的打拚呀！

伯公　哈哈哈哈……這「愛國歌會」，是怎樣比賽的呀？

春妹　是臨時抽題目，一站上臺，就用福佬話、或是客話，來演唱愛國的故事呀！

伯公　哼！甚麼愛國？是愛日本帝國，才不是愛咱臺灣鄉土！

邱信　伯公！「人在厝頂下，不得不低頭」呀！

春妹　是呀！伯公，何況臺灣人、日本人，同款都是人。皮膚是黃的、眼睛是黑的，心肝也同款是紅的、軟的，肉做的呀！

邱信　而且，縱貫大線、阿里山的鐵枝仔路，也是日本人來，才開通的；烏山頭水庫、官佃溪埤圳（嘉南大圳）也是日本人建起來的呀！

春妹　土匪無了、賊仔脯也減少了，誰敢講日本人對咱臺灣，無功無勞？

伯公　哼！有功有勞，就有天有良嗎？

邱信
春妹　這……

伯公　無講你們不知：鐵路通了，阿里山的「ひのき」（紅檜木），就送去日本起神社、建大厝。水利工程，開始送水了，老百姓辛辛苦苦種出來的物件，連一支甘蔗、一粒米，都要繳出去給公家與軍隊。你們說，會不會氣死人？

春妹 伯公，免生氣啦！「歌會」好比是演戲。我只是歡歡喜喜，去大都市，看車看人而已！

伯公 好啦，好啦！無被洗腦去就好。春妹，妳到底是怎樣過關斬將？演唱「愛國」，喔！不是，演唱「愛日本」的故事呀？

春妹 我頭一次抽到的是「莎韻之鐘」！一開始，是這樣唱的：

（唱）：

天皇恩典春光暖，幸福寶島是臺灣。
理番政策真圓滿，推行教育眾民歡。

伯公 （氣憤）擋！等著！伯公聽不下去了。咱們客家義民，是怎樣「竹篙湊菜刀」，對抗日本人的鐵槍與大砲？霧社事件，日本人是怎樣轟炸、毒殺番民的？簡大獅、柯鐵虎、林少貓，以及咱們北埔的姜紹祖，是怎樣壯烈犧牲的，你們全都忘記了嗎？真是罔費、罔費呀！

邱信 伯公，你放心——

（唱）：

春妹靈巧心頭定，官方政策歹批評。
人民善良卻清醒，吞聲忍氣待光明。

伯公 委曲求全是無奈！春妹，妳繼續唱下去：

（春妹唱時，伯公、邱信光區漸暗，二人暗下。另一光區的燈朦朧漸亮，投影高山流水景。）

春妹 （唱）：

莎韻妹，泰雅族小小番女。

（二舞者：著泰雅族服飾的少女莎韻、穿黑制服的日本老師田北正記❹，上。以舞蹈呈現：師生相戀、風雨相送、落水、救人、掙扎、失蹤……等歌詞內涵。）

能歌舞，耕山織布愛讀書。

田北正記是良師，離鄉背井身影孤。

東瀛才子情絲吐，綿綿纏繞山地明珠。

情緣雙結感心腑，烽火延燒　阻斷鴛鴦路。

支那（中國）遠沙場，連天響戰鼓，

颱風夜晚　送君赴征途。

風雨交加橋斷處，莎韻落河載沉浮。

田北奮身救無術，香消玉殞命已無。

（舞者激情舞蹈後，下）

真情真愛被欽仰，總督頒獎賜榮光。

情歌傳唱聲嘹亮，「莎韻之鐘」永流芳。

（鐘響，悠揚音效：噹～～噹～～噹～～。）

（伯公、邱信暗上，燈亮。）

伯公

（哀傷）唉！這不是事實！少女莎韻，是替田北老師擔行李，踣落溪水，失蹤死亡，就已經有夠

❹ 田北正記當時身份是：「警手」（基層警員），兼國語（即日語）講習所的教師。

春妹 可憐了：，還要被日本官方編成戀愛與愛國的故事，來欺騙社會，宣傳高山林內的「理蕃政策」。真正是悲哀呀！

伯公 伯公，我早就知道這個故事不完全是真的，不過，既然抽到「莎韻之鐘」，我只好學伯公您！學我甚麼？

邱信春妹 「揑扁兼搓圓」呀！（兩人對視，一笑。）

邱信 （偷表情意）何況，田北老師，也有可能愛慕莎韻姑娘呀！

春妹 （害羞）莎韻姑娘，也有可能愛教伊講日語的老師呀！

伯公 （故意嗆到，咳幾聲）咳、咳、咳……再來呢？春妹妳如何代表嘉義郡，去參加臺南州的比賽？

春妹 第二次，我抽到的題目是「君が代少年」（日語）：「國歌少年」的故事。

邱信 就是：昭和十年，新竹州大地震。十歲的少年詹德坤，臨死之前，一字一聲，唱起日本國歌——「君が代」的故事。

（音樂起，春妹立左後區高處唱）（伯公、邱信區燈漸暗，暗下場）（另一光區朦朧漸亮，進入回憶場景。投影地震景，配合強烈音效。）（群眾上，驚駭、求救、奔逃……）

春妹（唱）：

新竹州　苗栗郡，物產豐隆景色新。

昭和十年逢惡運，地牛滾動急翻身。

山崩地裂大地震，天不慈來地不仁。

厝倒人傷苦難忍，家園破碎烈火焚。

詹　母（出場，尋子）阿坤！阿坤！你在哪裡？（抓住人問）公學校有怎樣嗎？有人看到我兒子阿坤嗎？

民　眾　公學校的教室倒去了，你的後生阿坤被壓在大柱子底下。

詹　母　天呀！阿坤！我的乖囝仔。免驚，免驚！阿母來了，阿母來救你了（衝下場）。

（燈光音樂轉換）

（民眾與校長抬出詹德坤，急救。音效緊張。詹母衝出場，發現，顫抖，撲向兒子。）

詹　母　阿坤！阿坤！阿母在這裡！我囝，我的心肝囝呀！

詹德坤（重傷，垂死）阿母，我、我無法孝、孝順你囉！請、請原諒……。

詹　母　阿坤！我的阿坤！

詹德坤　校長大人，我無法為、為國盡、盡忠了。我要唱【君が代】國歌，獻、獻給天皇陛、陛下。

詹　母　阿坤，你無力了，不要再唱了……。

校　長　讓他唱，唱給全日本、全臺灣聽……。

（詹德坤垂死，用微弱聲音唱日本國歌【君が代】）

詹德坤（唱）：**【君が代】**

君が代は，千代に八千代に。

（譯：吾君壽長久，千代長存至八千代。）

細石の，巖となりて，苔の生すまで。
（譯：永末歲常青，直至細石成巨巖，巖上生苔不止息）
（詹德坤力盡而死。詹母抱子哀號；其他人肅立，神情悲壯，行舉手軍禮。）
（二軍人展拿日本國旗，覆蓋在詹德坤身上，行最敬禮。眾人抬起，送行，漸離場。）（回憶場景結束，燈光轉換）

春妹（唱）：「國旗少年」詹德坤，敬君愛國振人倫。
表揚忠義行國葬，編入教材傳軍民。
（邱信、伯公暗上。春妹區燈全亮，三人在場）

邱信 人世間事，半真半假，真是難以分辨呀！

伯公 事情若真的，表示皇民化的教育，已經徹底成功；若是假的，就是日本校長與巡學，良心被野狗餔（啃吃）去，惡意利用可憐的十歲孩兒，宣傳軍國主義。

春妹 伯公，我只是去參加「歌會比賽」，真真假假，何必計較那麼多？

伯公 你們這群少年家，果然是「七月半鴨，毋知死活」。

春妹 才無呢！宮城先生是日本人，伊對大家真正好，一點也不可怕！

伯公 這……
（幕後，阿招敲銅鑼聲音，由遠而近）

阿招 來喔——來喔——，聽阿招報你知，南洋大戰囉、南洋大戰囉！……（匆上匆下）

伯公 看來，戰火已經燒到我們臺灣來了，日子只會更加悽慘難過囉！

（鑼鼓銅鑼聲不斷）（飛機聲、礮聲、殺聲大作）（大鑼重敲一下，燈急滅。）

（第三場結束）

四　柴刀與軍刀

場　景：村庄景。

人　物：春妹、阿招、宮城、阿旺嫂、眾四花、眾村女、眾美國兵、眾日本兵、眾英國兵、眾中國兵、幕後伴唱。

（燈漸亮。阿招在場上，敲鑼。阿旺嫂、眾四花上）

阿招　來！來！來！聽阿招，報你知。三件大事情，不知不應該！不知大禍災！

眾四花　甚麼事情？

阿招　聽我認真講：

阿旺嫂　一！

阿招　下決定！

金花寶花　二！

阿　招　不容情！

眾四花　三！

阿　招　若不遵守，就會判重刑！

眾四花　到底是甚麼事情？

阿　招　南洋開戰烽火生，庄役場（鄉公所）已下令！（敲鑼）

阿旺嫂　（國語）講重點！（抓停銅鑼）

阿　招　槓～～槓～～槓～～（以嘴巴代替銅鑼聲）第一件，大事情：白米配給再減少，私藏糧食大罪行。

阿旺嫂
眾四花　喔——My God!

（唱）：

米糧管制無人性。腹肚餓到打冷ㄗㄨㄣ（顫抖）；

孩兒饑餓會破病，瘦巴巴像猻猴形。

阿旺嫂
眾四花　第二件呢？

阿　招　第二件，大事情：家家戶戶徵召牛，宰肉剝皮好利用。

阿旺嫂
眾四花　（唱）：

有牛耕土田園種，農家才有好光景。
若要牽牛受刀刑，媒婆甘願把命送。（哭）

眾四花 第三件呢？

阿　招 第三件，大事情：前線作戰欠銅鐵，鋤頭鍋鑊也要捐。

阿旺嫂 唉！

（唱）：

柴刀牛犁鐵鉛桶，竟然拿去做砲槍。
欺壓人民若匪黨，戰爭生活苦難當呀～～苦難當！

阿　招 （敲鑼）來來來！金、銀、銅、鐵、阿嚕米（鋁），通通都要捐出來。快一點呀！阿旺嫂！

（四花不情不願的拔下戒指、頭釵……等，捐獻出去）

阿旺嫂 阿招，你那一面……（指著那面銅鑼）

阿　招 （高舉銅鑼）我這一面銅鑼——也要捐出去。唉！

（阿招、阿旺嫂和眾四花下）（日本軍歌【臺灣軍】強節奏大起）

（前臺放一大竹簍，男女村民依序上，丟鋤頭、鐮刀、鐵犁、鐵鍋、煎匙等廚具，哀聲歎氣，抹淚。紛下）

（春妹上，手撫柴刀，傷心狀）

春　妹 （唱）：

私藏銅鐵罪難擋，奉獻柴刀心茫茫。
多年有它在手掌，剁筍抽藤墾野荒。
小弟還幼須撫養，空手做穡（做農事），怎能保安康？
滿天戰火　百姓無望，獻米捐刀　春妹心傷。
（春妹把柴刀放入竹簍。泣。宮城暗上，見一切）

宮城　春妹學員！

春妹　宮城先生！

宮城　戰爭一起，不分臺灣或日本，百姓都受苦受難，妳莫要太過悲傷啊！（轉身）「（日語）春子！正雄！」不知你們在東京平安否？（落淚）

（唱）：

侵略四方無仁義，妻兒生死音訊疑。
腰配軍刀暗垂淚，軍歌入耳心哀啼。

春妹　（日語）宮城先生。

宮城　春妹，我妻「（日語）春子」與春妹妳同名。我兒子「（日語）正雄」與妳小弟阿桐同年，他們……

春妹　（安慰）宮城先生！

宮城　（傷感）我離開東京之前，「（日語）春子」替我整理行李，她特別將一件「（日語）和服」放入我的皮箱中。希望我無論去到天涯海角，都要帶著，永遠思念她。

春妹 （安慰）宮城先生，您的家人一定會平安無事的。

宮城 謝謝妳了！（解下軍刀）來！我這隻軍刀借妳用。

春妹 這……

宮城 妳就可以繼續剝筍、砍柴、抽藤了！

春妹 啊！不可以……宮城先生，軍刀代表皇家的尊嚴，我不能害您。

宮城 春妹，刀是用來救人、幫助人的；也不是用來展威風、殺人命的。所以暫時借妳用，不要緊。

春妹 這……宮城先生，多謝您……

（轉場，戰爭重氛圍起。音效：警報大響、飛機轟炸、大砲聲。）（二人下）

（將中國青天白日旗、美國星條旗、英國米字旗、日本十六道紅光軍旗……等抽象化處理。眾武行穿軍服，執大旗、槍枝上場，結合武術功底、現代戰技，以展現二次大戰末：同盟國、軸心國的激烈戰鬥。）

（強烈武場，燈光特效配合，幕後男聲激昂合唱）

幕後（合唱）：

珍珠港偷襲，戰火遮黑太陽旗。
南洋眾島嶼，無端血流千萬里。
日本逞禍機，哪管百姓苦流離。
臺灣光明地，宛如地獄受凌欺。

眾　人　殺～～殺～～

（強烈閃燈。眾士兵以「慢動作」呈現最激烈的生死廝殺。盟軍占上風。）

（燈收）

（第四場結束）

中場休息

五 臺灣牛

場 景：村庄景。

人 物：春妹、邱信、伯公、阿招、小弟阿桐、眾村民、員警、公務員。

道 具：竹編母牛、小牛。

（燈亮。阿招提木鑼，上場，無奈狀）

阿招（敲木鑼，哽咽）來！來！來！聽阿招報你知：牛是大英雄，為皇軍奉獻性命。披紅兼結綵，上街來遊行。來！來！來！大家快來看！來看桐花庄最後的一——隻——牛——。

（燈亮，眾村民紛上。悲淒音樂中，一員警監督、四公務員強拉母牛繩，上場。緩繞）（春妹與阿桐隨上）（幕後音效：哞～～哞～～牛悲叫聲）

阿桐（哭問）阿姊，牛子才剛出生，為甚麼大人就要將母牛帶走。牛是我在牽、我在養的，我不要牠被人殺死，給人割肉去吃。阿姊！牛和我們是一家人，我不要牠走（痛哭）。（音效：牛叫）

春妹 阿桐，阿姊與你一樣，捨不得我們的牛啊！
（姊弟互相安慰，回憶與牛相處的美好）

春妹（唱）：
日落黃昏時，歡喜騎牛唱歌詩。（音效：牛叫）
天光就早起，割草飼牛無延遲。
是我乖小弟，日日牽牛泡水池。

阿桐（唱）：
是我好大姊，駛牛翻土拖犁去。
太陽曝身尖可畏，汗流落土不知疲。
響雷落水無閃匿，（音效：牛叫）
一腳一印一牛蹄。
（白）阿姊，妳看母牛在哭，妳看牠在哭，牠的眼淚，一滴一滴，滴落在泥土裡！（姊弟擁泣）

公務員 這牛拉不動啊！

員警 バカ野郎！（混蛋！）出力！

公務員 嗨！（繼續推拉）
（小牛奔向母牛，邱信拉不住狀）
（母牛也轉頭奔向小牛，公務員東跌西倒狀）

邱信 小牛！小牛！（小牛叫聲、牛鈴叮叮噹噹聲）

公務員 這牛帶不走怎麼辦？

員　警 小牛在旁邊，母牛當然不走。把小牛一起帶走。

公務員 はい！（嗨！）（誇張立正，鞠躬）（音效：大小牛叫聲、牛鈴聲）

（員警上，抽打母牛。公務員用蠻力拉母牛繩，母牛抗拒，不動如山。）

阿　桐 不可以！不可以將我的牛帶走！（伏抱小牛，痛哭）

邱信、春妹 不可以！

阿　桐（唱）：

牛子未生角，吃奶樂陶陶。

牛母牽往屠宰道，牛子飫餓死難逃。

（白）阿姊！為甚麼小牛也要帶走？牠才出生沒幾天！

（音效：鈴鐺、小牛聲）

春　妹（哄、泣）阿桐！小牛若跟著去，才不會餓死。再說了，牠們母子要永遠在一起，你就放手讓牠們去好嗎？

邱　信（唱）：

農家待牛如性命，人牛打拚過一生。

掛蚊罩、飼黑糖，主人服侍報恩情。

老牛死，辦送終，掘土葬埋祭忠靈。

逞野心，起戰禍，百姓怨嗟恨難平。

（姊抱母牛、弟抱小牛，哀慟不捨）

春　妹　（泣訴）牛啊！你每日風吹日曬，做生做死，我家欠你一個大恩情。（深深鞠躬）

員　警　帶走！

公務員　嗨！

（伯公暗上）（公務員強拉母牛繩）（音效：母牛抗拒叫聲＋鈴鐺小牛聲）

阿　桐　（護衛小牛）不要～～我不要～～

（公務員怒推阿桐）

邱　信　啊！不可！（上前保護阿桐，公務員揮數拳，狠揍之）

伯　公　（悲憤）待ってください！（等一下！）すみません！（不好意思！）可不可以看在小孩的份上，放過這兩條牛。臺灣牛跟我們臺灣人一樣，是人不是畜生。何況帶走牠，戰爭也不能平靜。

員　警　閃開，這可是奉了「テンノウヘイカ」（天皇陛下）的命令。

伯　公　大人，我知道。那——母牛讓您帶走。

阿　桐　不要，伯公！

伯　公　小牛留下來，我養大後，再將牠送過去，我拜託您啦！

（伯公緩緩下跪，春妹等人跟著跪下）

阿　桐　（哭喊）不要！我不要！兩隻都是我的牛！我的牛！

春　妹　大人！我求您，讓母牛與小牛告別，好嗎？（音效：牛聲）

（邱信扶起伯公。阿桐泣）（牛母與牛子告別狀）

春妹（唱）：

母子情長久，豈分人與牛？

牛呀牛！牠一步一回首，雙淚流不休。

失阿母　囝饑餓，無依無靠小命難留。

春妹我　難挽救，椎心泣血恨悠悠～～恨悠悠！

伯公　牛呀牛！如果有來世，別再投胎做牛，尤其是做「臺灣牛」。（音效：牛聲）

員警　帶走！

公務員　嗨！

伯公　阿桐！來！伯公帶你牽小牛回去。（伯公阿桐下，眾人隨下）

公務員　牛願意走了。（公務員把母牛拖下）

（音效：母牛叫聲，鈴鐺＋小牛聲）

春妹　牛！……（音效：牛聲漸遠）

（春妹揮手、哀傷）（邱信向前安慰。）

邱信（唱）：勸春妹免煩惱，解救牛囝有密招。

春妹　哦！牛囝還不會吃草，要怎麼飼伊、救伊呀？

邱信（唱）：官方管制糧食少，偷飼羊群在荒郊。

春妹（唱）：官方察覺事非小，切莫再言避屠刀。

邱信（唱）：養在山頂無人曉，奶泉滿溢飼羊羔。

春妹（唱）：羊奶豈能飼牛飽？

邱信（唱）：木桶裝來送牛寮。

春妹（唱）：山高水遠路彎繞，

邱信（唱）：幫助佳人怎辭勞？

春妹 這……

邱信 聽我的！

春妹 喔～～承蒙你了。

（燈漸暗）

（第五場結束）

六　望風亭悲喜

場　景：望風亭景。

人　物：春妹、邱信、阿旺嫂。

邱　信（唱）：
（內唱）為佳人不畏險，奔走荒郊，
（揹羊奶上，邊唱邊做翻山、渡水身段）
怎顧得做偏差，只為食飽。
官方察覺罪難逃，防躲巡查山間繞。
望風亭內寄情苗，
（白）春妹！（春妹上）

春　妹　邱信哥！

邱　信（續唱）：速將羊乳送牛寮。

春妹 邱信哥！

（唱）：感恩邱信情義仗，解救小牛免饑荒。

邱信（唱）：烽火連天唯盼望，不離不棄志堅強。

春妹（唱）：點滴春水芳心降，溫柔甜蜜深深藏。

邱信
春妹（合唱）：

同甘共苦樂同享，羊乳提來滿山香。

啊～～啊～～滿山香。

春妹（害羞，遞出粉紅手帕）邱信哥，這是我親手繡的。小小的心意。

邱信（細看）喔！是我們桐花庄的風景。

春妹 還有哪！

邱信（讀手帕字）「（日文）末永く平安でありますように。」

春妹「天長地久，祝君平安！」

邱信（唱）：望風亭　春風暖，翠竹桐花滿山端。

春妹（唱）：拈針線　繡家園，手巾相贈情意傳。

邱信（唱）：烽火真情意志堅，青山綠水永纏綿。

春妹（唱）：只盼求天地垂憐，成就一生好姻緣。

（邱信將手帕蓋春妹頭上，二人情深依偎）

（音效：雷聲，大雨特效。）（二人閃進望風亭躲雨，絮語狀）

阿旺嫂　（內白）哎呀！下大雨了，趕緊來躲雨呀！

（雷雨音效持續。媒婆上，邊唱邊做衝風冒雨身段）

阿旺嫂　（念）：【撲燈蛾】

天空落大水，荒郊響脆雷。

雖是有年歲，舉足走若飛。（雷聲）

自從戰火連天起，媒婆事業漸稀微。

紅包賺無我怨氣，遇著鴛鴦拆散伊。

（雷聲）（跌坐在地）

（白）真的會氣死我，如果讓我遇到情侶，一定要讓他們死！

（瞅見邱信、春妹，阿旺嫂裙一撩，做滑稽動作，衝進望風亭）

阿旺嫂　（左看右瞧，質詢）一位男的、一位女的；一個老師，一個學生。怎麼會這麼剛好，在這裡躲雨呢？

邱信春妹　（尷尬，緊張）阿旺嫂呀！

邱　信　是剛好……

春　妹　而已！

邱信
春妹 （合）剛、剛——剛剛好！而已！

阿旺嫂 剛剛好而已？哼！哪會這樣剛好？真剛好喲！……（音效：天晴）咦！嘿！雨停了！啊～～哈秋！

（念）：**【數板】**

落大雨，雨點粗，淋到全身軀，濕糊糊，

哎喲喂！哈秋！嗤！（擤、甩鼻涕狀，春妹躲）

雖然老骨硬砸砸，老皮膾透風，

趕緊擦乾怕感冒，

落魄在半路，一條手巾也找無。（一把搶過邱信的手帕）

稍借用　未耽誤，我身為長輩知禮數～～知禮數！

邱信
春妹 （急攔阻）不行！

（爭搶手帕，二人慌張，媒婆搞笑。）

阿旺嫂 咦！奇怪！這手巾借我擦一下臉，有甚麼要緊？這麼「ケチ」（小氣）。

春妹 還我……

邱信 還我……快快還我……

（三人爭奪持續）

邱信 阿旺嫂！

（念）：【撲燈蛾】
脫衫給你擦水滴，手巾不可染烏泥。

春　妹　（背躬接念）招親歹事才平息，望風亭內惹禍機。

阿旺嫂　奇哉怪哉！這手巾是珍珠還是鑽石？為甚麼摸不得。（細看）讚呀！（手舞足蹈滑稽狀）
（念）：【撲燈蛾】
女紅刺繡好針黹，描山畫水兼繡字。
（白）欸！媒婆我，也有去讀冊班，讀「ア、イ、ウ、エ、オ（音「ㄚ ㄧ ㄨ ㄝ ㄛ」），所以字識我，我也識字。「（結巴讀日文）末永く平安でありますように。」：「天——長——地——久——、祝——君——平——安——」啊……
（續念）：
看繡字　情意綿，媒婆憤怒噴上天。
老師學生談戀愛，敗壞風俗最悲哀？

春　妹　（憤怒，勇敢）老師與學生又怎樣？我們兩人清清白白，並沒有對不起任何人啊？
（念）：師生名份真情愛，光明正大無亂來。

邱　信　（念）：三姑六婆莫相害，風雨過後烏雲開。

阿旺嫂　手巾還你們（丟給邱信），誰稀罕！哼！橫豎我已經知道你們的秘密了。只要我一人知道，全世界的人馬上就都會知道！你們老師與學生談戀愛。噁～～漬漬漬！真是不知倫理、不知羞恥喔！

邱信

春妹　你……

阿旺嫂　哈哈哈……（得意洋洋）

（燈漸暗）

（第六場結束）

七　一夜新娘

場　景：村庄景。

人　物：阿招、四花、眾村民。

（燈微暗。懸疑感音樂起。眾村民聚前區，交頭接耳狀。四花立後區、竊聽兼私語。）

村女甲　喂、喂！來！你們有聽到媒婆阿旺嫂四處在講嗎？

眾村民　講甚麼？講甚麼？

村女甲　說啊——一個是男的、一個是女的；而且呀！一位是老師、一位是學生。他們倆呵～～

四　花　（合）他們倆啊（向前）！聽我們說來……

金　花　桐花庄裡幾百年來第一次，一位老師、一位學生談——戀——愛——！

銀　花　是喲！「小小雞雞愛學啼！」你們不要看春妹平常時乖乖的，人家她呀！十六七歲就……！

寶　花　哼！潘金蓮若是遇到她呀，還要叫她一聲「師父」！

貴　花　阿娘喂！他們真的是不知羞恥！不知羞恥呵！

（眾人驚訝、懷疑、鄙夷……。碎語）

（旁區，阿招上。）

阿　招　唉！我沒份了！（攤手無奈狀）（再鼓起精神，敲木鑼）

來！來！來！大家聽阿招，報給你大家知：

（念）：【數板】

太平洋，南島戰爭起，

「テンノウヘイカ」（天皇陛下）下命令，需要臺灣海軍志願兵。

全島熱烈來響應，加入皇軍最光榮。

桐花庄卻是靜——靜——靜——真安靜，並無半人去應徵。

庄長心火著　氣噗噗，壓逼邱信師，鼓勵學員去做兵。

邱信師　心慈悲，不忍學生變砲灰，

離故鄉　下南洋，白白去送生，

只好鈐手印、簽名字，替咱大家去出征。

三日後，全庄頭，

男男女女，大大小小，街頭要送行～～要送行！

（眾人驚愕、感激、七嘴八舌）

村民甲　邱信大好人，實在很感心！

村民乙　我們聽伯公的話，沒去當志願兵：，沒想到，邱信老師，卻要替大家去出征。

村女甲 可是，春妹與邱信？

村民甲 欸！老師、學生兩人真心相意愛，哪有甚麼不可以？

村女乙 是呀是呀！都是媒婆亂講話。

村民甲 來來來，我們來去向邱信老師說感謝。

眾村民 好好好！趕緊來去。（眾人紛下）

（阿招自言自唱，深情表現）

阿　招 阿招我，也要下南洋當兵。春妹！除非我戰死；不然，我一定會用性命去保護妳所愛的人，讓他平安回來。春妹，請妳放心！

（唱）：

阿招生醜心溫柔，只求春妹減煩憂。

誰說愛情唯占有，愛到深處無怨尤。

（燈漸暗。轉場）

（燈緩亮，換望風亭景，星月夜）（春妹、邱信上，依依難捨）

邱　信 春妹，明日我就要離開了，我們……

春　妹 我等你！我會永遠永遠等你。

邱　信 春妹！

（唱）：

良辰只心碎，美景徒傷悲。

明日隔山水，相見待何時？

春妹（唱）：

一步送君一淚滴，山巔海角兩淒迷。

身相許　為君結髮妻，為君妻　生死永不移。

【清唱】

上蒼呀！

（吟）：**【古詩．上邪】**

我欲與君相知，長命無絕衰。

邱信（吟）：

山無陵　江水為竭，

冬雷震震　夏雨雪，

邱信春妹（合吟）：天地合，乃敢與君絕！

（兩人捂手帕在心，深情倚偎，再相攜，走入後方竹林，相擁。）

（幕後唱時，春妹、邱信暗下）

（舞者上，舞出纏綿悱惻之情）

幕後（唱）：

天災地變禍殃起，梅杏桃李齊芳菲。
不依時序與節氣，開花結籽傳生機。
無須媒妁無聘禮，一夜新娘一世妻。
啊～～啊～～
縱使明日生別離，一夜新娘一世妻。
一夜新娘一世妻～～

（燈漸暗）

（第七場結束）

八 烽火真情

場　景：望風亭景。

人　物：伯公、阿招、眾村民。

（燈漸亮。阿招穿日本軍伕服，身掛「出征勇士」紅綵帶上，心中牽掛伯公狀。眾村民上，送行。不捨。）

伯公　（內白）阿招！（呼、奔，追上）阿招啊！

阿招　伯公！

伯公　我叫你不要去，你為甚麼不聽？（氣極，甩阿招一巴掌）

阿招　我……

伯公　（悲慟）你善良憨直，與世無爭。現在，萬惡的戰爭，卻是逼你們去殺人、去被人殺！你與邱信，都是我們桐花庄的好子弟呀！

阿招　伯公，我也把您當親人，這天下間對我最好的，就是您……

（唱）：
護守真情勇出征，做牛做馬不要緊。（對伯公下跪）
自小無父又無母，單剩阿招我一人。
感謝伯公仁義心，收我孤兒好似親。
如今南洋當兵去，……

伯公 阿招，來！這雙布鞋是伯公我親手縫的，你帶去軍營穿。

阿招 伯公，不……不用啦！我去軍中，就有黑皮靴可以穿；槍揹著、刀佩著，威風凜凜，這樣我就是真正的出征勇士了！

伯公 叫你拿，你就拿，囉哩囉嗦！你不拿，就是不孝……（老淚縱橫狀、丟擲布鞋於地）

阿招 伯公！布鞋留著，我回來再穿……

（續唱）：今生呀——永記養育情！

阿招 伯公，我一定會回來、一定會回來……（漸離去）

伯公 阿招！阿招啊……（眾村民扶伯公緩離場）

（燈漸暗至全暗，轉場）

（字幕打：二年後）

（大幕依次呈現：原子彈爆炸、殘兵敗陣、日本投降……之歷史照片。）

（音效：原子彈爆炸聲、日本天皇「玉音放送」宣布無條件投降的錄音。）

（場景：望風亭景）（燈漸亮）（音樂極哀傷）

（伯公持布鞋上，悲慟）

伯公（唱）：

戰爭無情造大難，子弟出征不復返。

可憐阿招情長命短，只歎耆老難渡孤單。

（擁鞋在懷、拭淚、無語問天）

（春妹抱兒持手帕、宮城提皮箱持信，一左一右，從側舞臺上）

春妹（抱子跪地哭喊）邱信！我孩子的父親、我的夫君呀！

宮城（跪地，哭喊）「父さん（多桑）」、「母さん（卡桑）」、（從皮箱捧出妻子的和服）「（日語）春子」、「（日語）正雄」……

春妹（唱）：日日思、暝暝念，家破人亡喚蒼天。

春妹（唱）：戇戇求、痴痴盼，戰亡音訊慟心肝。

宮城（唱）：

全家慘死災禍橫，人子人夫愧無能。

天倫重聚成泡影，萬箭穿心哭出聲。

春妹（唱）：

夫君南島魂魄散，眼望遺物血斑斑。

定情手巾寄回轉，手抱孤兒痛問天。

（缺胳臂、斷腿、獨眼、……等傷殘士兵；寡婦、孤兒、無依老人……等眾村民緩上。氛圍哀淒）

伯公（伯公上前安慰春妹、宮城）

春妹！天不會塌下來，只要伯公活一日，就會幫助妳一天。為母必強，小阿信也會勇敢長大的！

宮城 宮城先生，您也要堅強啊！

（痛不欲生）祖國戰敗，家破人亡。我是要如何堅強啊！

（唱）：

日本男兒性剛烈，肉身寧滅不碎折。

我妻我兒我雙親，魂魄相連　軍刀染鮮血。

（拔軍刀、跪地，切腹身段。伯公、春妹急阻擋。）

伯公（奪下軍刀）宮城先生，刀是用來救人、幫助人的；不是用來殺人、自殺的。（擲軍刀於地）

春妹 宮城先生！

（嬰兒大聲啼哭，宮城震懾。春妹順勢將嬰兒抱給宮城）

春妹 宮城先生！小孩給您抱著。抱著小孩！您就與我一樣，有生存下去的勇氣。

（宮城淚接嬰孩，邊唱邊環視周遭傷殘孤寡的民眾）

宮城（唱）：

天倫破碎已難補，手抱嬰孩放聲哭。
祖國窮兵又黷武，殖民侵略罪難書。
多少孩兒喪慈父？多少父母臨老孤？
多少紅粧成寡婦？多少青壯葬泥塗？
戰敗投降本羞辱，臺民悲憫卻相扶。
（悲涼音樂大起。宮城歸還嬰兒給春妹，準備行日本「土下座」道歉古禮）
（續唱）：
原諒我族恣殺戮，共創太平兵禍除。
遵行古禮「土下座」，謙卑跪地身拜伏。
（宮城行日本最慎重的道歉禮「土下座」：淚眼注視民眾，向後倒退五步，把長褲拉高約十五公分，雙膝跪落，兩手壓地呈「八」字，額頭叩至地面，虔敬又卑下的趴伏著，重複大聲認錯三次，聲音一次比一次高亢。）

宮　城　私たちの過ちだ。大間違いだった！どうか許してくれ！
私たちの過ちだ。大間違いだった！どうか許してくれ！
私たちの過ちだ。大間違いだった！どうか許してくれ！
（譯：我們錯了，大錯了！請你們原諒！）
（伯公站出來，按日本古禮回應「土下座」，表達諒解。）

伯公 把頭抬起來！把頭抬起來！把頭抬起來！（伯公伸手扶起宮城）宮城先生，您也是無辜的受害者，戰爭打完了，我們一起打拚重建家園。

（伯公還軍刀，宮城推回，贈給伯公。宮城再轉身拿起行李箱，欲走，思索，放下皮箱。捧出妻子的和服，摟緊。哀傷，轉身。）

春妹 宮城先生！（眾人依依不捨）

（宮城鞠躬，深情抱妻子和服，下）（伯公和眾村民紛下，獨留春妹抱子在場）

（第八場結束）

尾聲

春妹　子呀！我是你父親的「一夜新娘一世妻」。你的父親永遠活在我們桐花庄的風中、水中、花香中。

（春妹抱子懷想、眺望）（樂起，幕後唱）（二舞者上，纏綿雙舞。唱至「江河為憑」句時，二舞者緩下。邱信緩上，與春妹深情對視）

幕後（唱）：

望風亭　戀歌起，兩心愛慕身相許，

生死戀情永不移，海角天涯，

相伴又相隨～～相伴又相隨。

山川作證、江河為憑。

今生來世，絕不負卿！

（桐花飄墜紛紛）

（邱信與春妹遙遠對望，燈暗）

——全劇終——

新編客家精緻大戲《花囤女》

編劇：王瓊玲

製作演出：榮興客家採茶劇團

百迴千轉，依然有夢

——用戲曲凝視那段「花囤」歲月

王瓊玲

第一次聽到客語「花囤女」時，我興奮極了！

「望文生義」的大腦裡，直流電、交流電立馬旋轉了億萬圈——是呀！何以要囤花？如何的囤花？囤花的女子，何其深情、何其浪漫！她必然是父母的掌中珠、家族的韞櫝玉，匯集了教養、疼惜於一身，怎不令人豔羨！

可是，後來請教了鄉親與耆老，搞清楚「花囤女」是「童養媳」時，我瞬間跌入了深沉的哀思。數不盡的滄桑、痛楚，迤邐雜沓，撲面而來。其中——有隔壁李家老姆婆的；有前村邱阿嬸、後庄江阿姨的；有與我同年齡，名喚小阿楚的。甚至，李姆婆、邱阿嬸、江阿姨、小阿楚的養母、生母、養祖母、養曾祖母……也可能都是花囤女。

「囤積花蕊，以求瓜瓞綿綿」，多沉重的負荷、多殘忍的循環！它不是過眼雲煙，是一曲傳唱甚廣、影響至今的女性哀歌！

數百年來，一個個降生人間的紅嬰仔，只因性別不符合期待，就硬生生被連根拔起，移了株、換了盆，從此飄泊於異鄉、棲身於他家、跋涉於多歧的世路。儘管命運之神，有時眷顧、有時凌遲；回首漫漫一生，有時圓滿、有時殘缺。但是，不管境遇如何，辭土離根的花囤女，又豈能無憾無恨？

自古以來，臺灣就是個移民社會。太平日子不常見，族群爭鬥、戰火熬煎，卻是接踵而來。因此，即便是豪門富室，也往往找尋門當戶對者，將親生女兒出養於人、或抱養別家骨肉作為花囤女，以此來綰結勢力，互為後盾。

至於貧門寒戶，則更為辛酸：女兒出生，送人撫養，可減輕食指浩繁；些許「禮金」，可緩解饑寒交迫。若是生下男孩，為了長久之計，眼前抱養個小小花囤女，日後便有了免付費的乖巧勞工；親兒子與童養媳圓房成親時，既免聘金又省嫁粧，可謂一箭射下五六隻大鵰，何樂而不為呢？

何況，不論寒門或富家，收養花囤女的優點在於：完婚之後，姊妹變妻子、兄弟變丈夫、女兒身兼媳婦，公公婆婆正是養父養母，所有家庭成員相處已久，減少了矛盾與磨擦。至於，有無凌虐毒打？有無親情勒索？有無夫妻情愛？在凡事以家族為重的時代，又怎麼會被重視？

明瞭「花囤女」的概況，又走訪許多當事人之後，為她們編創一齣戲劇，便成了我日夜縈思的念想。

二〇一七年的《駝背漢與花姑娘》、二〇二〇年的《一夜新娘一世妻》，得到觀眾的熱情迴響，巡演全臺數十場之後，我與客家精緻大戲，有了深厚的情感；與演員們的相知，也有了不淺的默契。於是，當鄭榮興先生第三度邀請我編劇時，我便欣欣然的答應，奮筆創作了這齣《花囤女》。

我自知能力微薄，故而更兢兢業業。透過蒐羅文獻、田野調察來裁成內容。我一心誠敬，只想藉著《花囤女》，反思數百年來的童養媳風俗；嘗試刻畫出骨肉分離之苦、手足重逢之喜；也哀哀凝視著艱難環境中，人性的卑劣與扭曲；疼惜著女子們，淪為親情愛情的祭品、傳宗接代的工具；感悟她們所承受的腐心蝕骨之痛。

寰宇茫茫，人力微渺，光是要活下去，就何等的艱鉅！人與人之間，有意的戕害、無心的斲傷，更是糾纏難解。想要坦然面對、泰然自處，或是勇敢克服、完勝終結，把生命中暗黑的因子，全化為光明的能量，不管是在劇裡或戲外，都談何容易呀！

只是，創作必須有夢。「百迴千轉，依然有夢」是我鞭策自己的方向。

於是，我從《說文》所載：「二玉相合為一玨」發想劇情：以一對雙胞胎姊妹，出養到不同家庭，受到完全不同的對待，開展了天差地別的人生。然而，歷遍風霜雪雨之後，姊妹倆相逢相認，卻再次面對兒女婚姻、傳宗接代的重大問題。當成、毀、禍、福繫於一念之間時，看她們是否有勇氣超脫？有能力救贖？

自從一頭栽入花囥女的愛恨情仇，我常自嘲身受剜肉剉骨的劇痛。對習俗的沉重感懷之外；我努力綜合了對照、映照、正比、襯托、相成的表現方式，期許角色更出彩、情節更活潑、內容更動人。而冷場、熱場的搭配調和；傳統曲目、新編曲調的水乳交融；主要演員需有精彩深刻的戲份、配角必須充當稱職的綠葉；丑腳、武行都要有揮灑的空間……凡此種種，都是我念茲在茲，唯恐力不能逮的項目。

再觀現今，少子化已成為臺灣重大的社會問題；獨生子女的婚姻，也隱藏著雙方家庭的角力、傳宗接代的壓力。觀古或許可以鑑今，但願《花囥女》也能帶來些許的省思。

總而言之，《花囥女》的全體工作人員，真的都全力以赴，希望不辜負方家學者、知音戲迷的藝術要求；也期待能多多吸引年輕觀眾，走進劇場，愛上傳統戲曲。

百迴千轉，依然有夢！我們永遠不敢懈怠。

二〇二一年八月十三日

寫於全臺巡演前夕

人物表

1. 嬌　妹：雙胞胎姊妹之一，花囤女，出養於富有徐家，受養母疼愛及教養。個性強烈、愛恨分明，勇敢堅強。
2. 香　妹：雙胞胎姊妹之一。花囤女，出養於貧困江家，飽受養父母凌虐。個性溫厚，堅強忍耐，逆來順受。
3. 老嬌妹、老香妹：中年的嬌妹與香妹。個性與年輕時差別不大，但經歷滄桑之後，比較圓融。
4. 生　母：嬌妹與香妹生身之慈母，本身也是花囤女，深知童養媳的悲苦，因此，堅決反對出養雙胞胎女兒。雖然反抗失敗，但送走女兒時，又千方百計，留下日後可以相認的信物。
5. 生母之公公、婆婆：受傳統習俗箝制的一對愚昧夫妻，強把媳婦所生的雙胞胎姊妹送人當花囤女。
6. 聰　敏：富家浪蕩子。嬌妹之丈夫（兼養兄）。二人婚姻不幸福。酒色亡身。
7. 滿　福：勤勉農家子。香妹之丈夫（兼養兄），二人婚姻很幸福。意外身亡。
8. 徐　母：嬌妹之養母（兼婆婆），疼愛嬌妹，仁慈識大體。
9. 唐山客：嬌妹婚前愛戀的男子。
10. 滿　貴：滿福之堂弟，可惡蠻橫。
11. 春　枝：嬌妹收養之花囤女，嬌弱可人。愛上義雄，引發一連串風暴，也促成嬌妹、香妹的姊妹相認。
12. 義　雄：香妹之親生子，允文允武，與春枝相戀，勇敢追求真愛。
13. 老管家：徐家之老管家，睿智又忠心。
14. 三姑六婆、村夫野漢、市儈、流氓、賭徒、家中男女僕人……數十人。

序曲：花囤．囤花

（舞臺上，投影呈現：植物生長，生根、長莖、藤蔓盤生，花朵繽紛，有的花兒被風吹雨打而枯萎凋落；有的則挺立在風雨中，綻放美麗芬芳。慢慢的，花落結果，瓜瓞綿綿……）

幕後（合唱）：

人間聚散何能免？飄浪天涯種福田。
不求富貴與榮顯，只盼子孫世代延。
花囤女兒童養媳，百年苦樂豈由天？
同悲共喜多愛憐，前塵往事不如煙！
啊～～啊～～前塵往事不如煙！

（悠揚音樂中，上製作群及相關字幕）

一 天涯重逢

時間：清末（一八九五年，日本占臺灣後）。

場景：臺灣，老嬌妹家，華麗大廳景。

人物：老嬌妹、老香妹❶、春枝、義雄❷。老管家、男女家僕數人。

服裝：傳統客家服飾。

幕後（喊）來喔！大家認真打掃喔～～

（華麗大廳景，男女僕人陸續出場，打掃房間、擦拭桌椅、擺飾花瓶……女僕可耍帕、男僕可翻滾，以武功底子融入做家事的動作。）

❶ 老嬌妹與嬌妹同一人扮演。老香妹與香妹同一人扮演。
❷ 義雄與滿福同一人扮演。服飾裝扮要有區隔。

老管家 大家聽著：不准僥懶，要細膩小心……有聽到否？

眾僕人（唱）：

謹慎專心兼細膩，辛勤打掃擦桌椅。

不准土沙留窗隙，防止柴灰嗆人鼻。

老管家
眾僕人（唱）：

樹葉飄階須掃淨，鮮花滿室又烹茗。

何方貴客訪門庭？主僕奔忙不安寧。

（某僕笨手笨腳，差點拋落花瓶，老管家緊急接住、指責。其他僕人掃地、端杯盤、做家事，也一再出差錯。老管家身手矯健，一直在救急、處理善後。雙方逗趣動作，融入武功場面。）

老管家（念）：**【數板】**

欸！欸！欸！你們喔！

頭殼混沌灌水泥，笨腳笨手若刺蝟❸。

打破老古董，誰人賠得起？

氣得我　老人家，一命險險死呀～～險——險——死！

眾僕人（念）：

老管家！你喔～～

---

❸ 客語「刺蝟」在此有押韻。

管天、管地、無理智，
嫌東、嫌西、若雞啼！

數位男僕　（學母雞下蛋後的叫聲及動作）
咯咯咯ㄍㄟ……咯咯咯ㄍㄟ……

男僕甲　咯！咯！咯！ㄍㄟ～～ㄍㄟ、ㄍㄟ、ㄍㄟ！（啼聲掙扎，自掐喉嚨，哽塞聲）

雜　口　你是怎樣了？

男僕甲　我這隻大雞公，被、被老管家掐住喉嚨了。

老管家　還大雞公？你呵，更像大豬公！還不趕快去做事！

眾男僕　哈哈哈哈……哈哈哈哈……

老管家（唱）：
身為管家最可憐，萬項責任擔上肩。
看前顧後穿穿轉，日日做到沒時間。
目一晲、小可❹無注意，人人造反又逆天。
親像蟑螂與螞蟻，一隻又一隻……
一隻又一隻……爬到滿屋間。

眾男僕　我們一點小把戲，哪有甚麼要緊呀？

女僕甲　是呀！何況夫人，管教嚴格，我們怎敢向天來借膽？

---

❹小可：稍微。

眾男僕 是呀！

女僕乙 對啊！若無夫人「硬頸、鐵肩頭」，擔起這個家，天早就塌下來，壓死大家囉！

眾男僕 不只是這樣，夫人鋪橋造路，是我們客家庄，人人欽佩的大好人呢！

女僕甲 不過……

眾男僕 不過甚麼？

女僕甲 夫人最近心事重重……

女僕丁 好像在煩惱甚麼大事？

女僕乙
女僕丙 一定是為了春枝小姐的婚姻大事！

眾男僕 真的嗎……？

眾女僕 是呀！不會錯的。

老管家 你們在說甚麼……？

（唱）：

背後亂亂講，講短又說長。

不守己本份，惡形惡狀不成樣。

手拏雞毛撢，打到你淒慘兼落魄。

（老管家追打男僕。數人展現撲打、閃躲、翻滾等。追打中，眾人嬉笑下場。）

（燈光、音樂轉換）

（老嬌妹[5]、女兒春枝，憂心忡忡出場。二人輪唱心聲）

老嬌妹（唱）：

春去秋來霜染鬢，操持家業倍苦辛。

只盼東床得才俊，傳延香火耀家門。

春　枝（接唱）：

娘親嬌養不驕縱，知書達禮善女紅。

煩惱戀情人阻擋，水流花謝夢成空。

老嬌妹（唱）：

知愛女　鍾意義雄好郎君，

嫁出門　百年家業斷基根。

春　枝（唱）：

兩為難　親情愛情如雙刃，

問蒼天　何時何日散烏雲？

老嬌妹　春枝！自從我抱妳來徐家，就把妳當做女兒一樣，我哪時虧待過妳？

春　枝　母親待我恩重如山，女兒一直謹記在心。

老嬌妹　我一心栽培妳，望妳幸福快樂，更加希望妳招個婿郎，好傳我徐家香煙與家業。

---

[5] 老嬌妹、老香妹，皆是中年打扮，但為了區別年輕的嬌妹、香妹，劇中皆稱老嬌妹、老香妹。

春　枝　義雄他為人良善，刻苦耐勞，他的母親也只有義雄一人來陪伴。母親，女兒與義雄，情投意合，求母親成全。

老嬌妹　成全？為甚麼是我徐家犧牲？不是他江家來成全？

春　枝　母親，您說希望我幸福快樂。女兒與自己相愛的人在一起，才會幸福的呀！

老嬌妹　難道妳不記得「花囤女」的責任——開花結子、瓜瓞綿綿，為了就是要傳香煙。妳若嫁過去，怎對得起徐家的列祖列宗？

春　枝　不過，我兩人是真心相愛……

老嬌妹　相愛？我怎會不知相愛的兩人，被人拆散的痛苦！以前……

春　枝　以前……以前，怎樣？

老嬌妹　這……好了！別提了。

春　枝　義雄他……

老嬌妹　義雄，他是獨生子，江家要妳嫁過去；春枝，妳是花囤女，我徐家當然要他招入來。哼！我呀！不單要留住女兒，還要添加一個婿郎。

春　枝　這……我……義雄他……乙未年（一八九五年），是他救了我呀！（啜泣）

老嬌妹　好了！女人要堅強，不要動不動就啼哭。就算有眼淚，也要往腹內吞。哭，是不能解決事情的！知道嗎？

春　枝　是！母親。

老嬌妹　唉！真正是「女大不中留，留來留去變冤仇」。女兒！我們廳堂等候。

（老嬌妹、春枝下）

（義雄、老香妹（臉上有一胎記）先後上場）

老香妹（唱）：

人生坎坷春光老，兒女婚姻未定著。

娶媳傳孫香煙繞，慰我一生苦操勞。

義　雄（唱）：

山高水遠路途遙，為子提親不辭勞。

敦厚善良慈母教，練武習文志氣高。

老香妹　義雄，徐家還有多遠？

義　雄　喔，就快要到了。母親您為著我的婚事，奔波操勞，孩兒真是感恩不盡呀！

老香妹　欸～～咱是親母子，還講甚麼感恩不感恩？聽你講：春枝乖巧好女德，我相信，若娶入門，一定是你的好妻子、我的好媳婦呀！

（唱）：冰霜融化春光照，君子淑女樂逍遙。

義　雄（接唱）：千斤重擔也敢挑，追求真情不屈撓。

（母子走圓場，老管家出迎，轉身報訊。老嬌妹與春枝出迎。悠揚音樂中，春枝、義雄先對二位長輩行初見之禮。老嬌妹打量義雄、老香妹打量春枝，彼此都暗暗稱讚。義雄與春枝則緊張又靦腆。）

老嬌妹　義雄他～～

（唱）：

劍眉星目精神朗，天庭飽滿志昂揚。
若做佳婿家門旺，祖先歡喜顯榮光。

老香妹　春枝她～～
（唱）：
溫柔賢慧嬌模樣，穠纖合度自端莊。
莫怪我兒情意重，傾心愛慕女紅粧。

義　雄
春　枝　見雙老～～
（唱）：
嘴邊含笑如誇賞，滿面春風喜滿堂。
但願海天平巨浪，雙飛雙舞如鳳凰。
（雙方分賓主，兩老坐定，僕人奉茶。）

老嬌妹　江夫人，今日您親身到此，老身未曾遠迎，多有得罪。

老香妹　徐夫人，是我慢來拜訪，請夫人多多包涵。

義　雄
春　枝　見過伯母。

老嬌妹
老香妹　（一口同聲）春枝她……
義雄他……

老嬌妹 義雄，相貌堂堂，謙恭有禮，江夫人真是好家教啊！

老香妹 徐夫人客氣了，我看春枝面貌端莊，性情溫柔，很有我的緣。

老嬌妹 徐家誠信經商，教導女兒遵守禮儀。今日，兩人相愛，也算是有緣份。

老香妹 既然雙家都滿意，那閒話就莫多講，參詳婚姻要緊。

老嬌妹 江夫人，這樁婚事我不反對，相信我們可以成為好親家。

老香妹 多謝您不棄嫌。義雄是我的獨生子，春枝若是嫁過來，我一定會把她當作自己的女兒一樣疼惜。

老嬌妹 欸！春枝是我唯一的女兒，義雄若是招入門，繼承我徐家百年家業，相信也不會吃虧呀！

老香妹 今天，我帶著兒子過府，就是有備而來。江家雖然不是大富大貴，但是該有的聘金采禮，一樣都不會少。

老嬌妹 夫人，誤會了，徐家並非嫌貧愛富。義雄若是招入門，一來能成全一對佳人，二來，也能好好栽培義雄。

老香妹 俗語說，男大當婚女大當嫁，哪有義雄入贅的道理，應當是春枝要嫁入江家當我媳婦。

老嬌妹 自古道：不孝有三，無後為大，春枝是我辛辛苦苦撫養的花囤女兒，當然是要招婿郎，為我徐家生子傳孫。

老香妹 義雄若是入贅，恐怕一輩子都會被人取笑，抬不起頭。所以，應當春枝出嫁做我的媳婦。

（二老持續爭執。春枝忍不住掩泣、義雄則左右為難。）

老嬌妹 是義雄招入門做我的婿郎。

老香妹 江家要有人傳宗接代。

老嬌妹 徐家要有人繼承家業。

老香妹 做我媳婦……

老嬌妹 做我婿郎……

老香妹 做我媳婦……

老嬌妹 做我婿郎……

老嬌妹 （同聲）做我婿郎……
老香妹 做我媳婦……

老管家 兩位夫人……有話好說……

老嬌妹
老香妹 哼！

（春枝靈機一動，對老管家撒嬌懇求。）

春　枝 叔公！您最疼我了，拜託您幫幫我。

義　雄 是呀！叔公，我與春枝的終身大事，就拜託您了！

春　枝 叔公，您若不幫忙，春枝……我就不要理您！

老管家 哎喲喂！春枝呀，妳若不睬我，叔公就會老孤單，無依又無偎，不如死死去，較快活！

義　雄
春　枝 叔公……（再懇求）

老管家 這……嗯，哼！無問題，看我的～～

（老管家拍胸脯表示由他搞定。於是，一而再、再而三向老香妹、老嬌妹勸說。都無效。老管家無計可施時，突然有了大發現，對二老左瞧又右望）

老管家 咦！夫人……江夫人……你們看！兩位夫人所戴的耳環，都只戴一邊而已？

春　枝 一個戴在右耳！

義　雄 一個戴在左耳！

義雄
春枝 還一樣……一模一樣呀……

老管家

老嬌妹
老香妹 這是我生母留給我的「玉玨耳環」。

（震撼音樂起，二老開始激動，相互注視對方）

老香妹 妳……

老嬌妹 妳……

老嬌妹
老香妹 是花囤女？

老嬌妹（念）：出生在苗栗，

老香妹（念）：從小就穿耳。

老嬌妹（念）：三月人抱去，

老香妹（念）：養在兩家地。

老嬌妹
老香妹（念）：

慈母苦悲淒，姊妹各分離。
亂世音信渺，玉玨將情寄。

（燈漸暗）

（第一場結束）

二 孿生分養

時　間：清末（更早的四十年前，約一八五五年左右）。

場　景：普通居家大廳，有神案祖宗牌位。

人　物：生母、婢女小雲、公公、婆婆、接生婆。

（換場燈暗時，幕後唱）

幕　後（唱）：

雙生並蒂姊妹花，飄落天涯在兩家。
何來玉玨相認事？細述從頭解根芽。

（字幕打出：四十年前）

（燈漸亮，公公婆婆緊張、踱步，不時探頭詢問。幕後傳來產婦唉唉叫的痛聲）

接生婆　（內白）出力！再出力！快了！就要生出來了。

婆　婆　我們後生去唐山做生意，媳婦卻是要臨盆，孫兒趕著要出世，心內真是操煩又歡喜呀！

公　公　啊！倒底生了沒？

婆　婆　哼！一心一意只想要抱孫，男人怎知生子的艱苦。

公　公　從早唉到晚，我的金孫、玉孫，怎還沒生出來？女人生子就像雞母在生雞卵。哪有多艱苦？

婆　婆　哼……無良心啊！婦人家生子呀！是在拚生拚死。俗語講：「拚得過，（逐餐）雞酒香；拚不過，四塊（棺材）板！」

公　公　照我們的風俗。若是生男孫，就去別人家，抱一個花囤女回來撫養，等兩人成人長大以後，再配作夫妻。

婆　婆　若生孫女，就送人做花囤女、小媳婦，替人傳宗接代。

公　公　在大富人家，這可以結合兩邊家族的勢力。若是窮苦的人家，又可以省嫁粧、免聘禮；家內又有一個不用錢的小奴婢可以使喚。

婆　婆　再說，女兒兼媳婦，從小養到大，也比較孝順、同心肝。唉！只不過呀！婦人家呀！萬項由天、由人、不由己，實在是悲哀。

公　公　天公伯才不會管妳們婦人家的怨歎咧！

（幕後，產婦唉叫聲、產婆吆喝鼓勵聲）

婆　婆　來！來！來，趕快來拜神明。

公　公　求祖先，賜男丁。

婆婆　傳香煙。

公公
婆婆　興旺家門！

公公（唱）：拜菩薩　求佛陀，賜下男丁傳香火。

婆婆（唱）：
求祖公　拜祖婆，看清認明莫差錯。
生男孫　大慶賀，分贈米糕紅蛋多。

公公（唱）：生孫女　賠錢貨，留在身邊家運薄。

婆婆（唱）：祝福男孫打金鎖，萬年富貴笑呵呵。

公公（唱）：孫女只能做花囤，三月送人莫延拖。

（幕後音效：嬰孩呱呱啼哭聲。）

婆婆　生了、生了……

公公　哭聲亮，像人在那吹鼓吹（嗩吶），我們的孫兒出世囉！

婆婆　（對內喊）喂！是男的？還是女的？

公公　快講！男的？女的？是生太子？還是貍貓？

婆婆　小雲！妳也在裡面生子是嗎？還不趕快出來！

（婢女喜滋滋，抱一嬰孩出場，公婆向前迎看）

小雲　來了！恭喜老爺、夫人，是一個得人疼的……千金。

（一聽是女的，公公、婆婆誇張的停下腳步。拂袖，轉身，不看，拒抱。）

婆婆 是女的！

公公 賠錢貨！

接生婆 （內白）還一個……腹肚內還有一個！出力……

公公婆婆小雲 啥？還有一個？

（小雲衝下場。祖父母撲跪下地，膝行，到神案前不停磕頭。）

公公婆婆 雙生，龍鳳胎！還有生男丁的機會！

婆婆 祖公祖婆呀！你們要有靈有顯，腹肚內這個一定要是男的。

公公 是呀！過年過節，才有三牲四果，好享受喲！

（音效：嬰兒哭聲）

公公婆婆 生出來了……

（公公婆婆的動作就誇張的停頓在跪拜、合掌、瞪眼的瞬間。婢女再出場，一手抱一嬰）

小雲 是……

公公婆婆 是……

小　雲　是女的！

公　公　啊！賠錢貨，來加倍！

婆　婆　祖公祖婆呀！你們是不怕斷香煙、無人拜是嗎？

小　雲　還有……雙生姊妹不同臉，這個小妹的臉……

（懸疑音樂起……公公婆婆爬起身，查看。）

公　公　這麼醜的胎記！

婆　婆　慘了！

（唱）：面上鬼母來做記，多災多難多稀微。

公　公　（接唱）：雙嬰註定花囤女，三個月趕緊送人，

公公婆婆　（合唱）：趕緊送人莫延遲。

（燈漸暗，三人下場。）

（燈再緩亮。場上置雙搖籃）

生　母　三個月的緣份？我可憐的女兒啊……

（唱）：

母女真情被斬斷，雙生骨肉竟無緣。

兒父遠隔在唐山，路途遙遠海水寒。

為娘心碎勢難挽，姊妹分離不復還。

花囤風俗如利劍，刺殺天倫血漣漣。

（公公、婆婆、小雲上。）

公　公（唱）：

投胎為女嬰，出養做花囤。

是命也是運，莫怪反人倫。

生　母（跪求）婆婆呀婆婆！您是我的婆婆，也是我的養母。身為女子，請您同情我、同情您的親生孫女呀！

婆　婆　這……唉！（不忍，扶起媳婦）

（唱）：

女人夙命難改變，花囤風俗傳千年。

雙生姊妹莫留戀，再生孫兒續香煙。

生　母　公公、婆婆，我求您們，兩姊妹是我的親生骨肉，拜託您們不要送出門！

婆　婆　哎喲！女兒呀！妳生的女兒；我生的女兒；我母親的婆婆，我母親的婆婆的婆婆。還有，我的婆婆，我婆婆的婆婆的婆婆……。

公　公　講來講去，全部都是花囤女。

婆　婆　對啊！這是我們女子的宿命！

生　母　婆婆，我是您的媳婦兼養女。再說，也有很多女人，養大親生女疼入心、疼到像命一樣！

公　公　疼到跟命一樣，又怎麼樣？到頭來還是會變成別人家的媳婦，替人傳宗接代。

生母 公公……這是您的孫女，您就都不會捨不得嗎？

公公 捨不得甚麼？世世代代就這樣做。

生母 難道我們就沒辦法……

公公 （怒）好了！

婆婆 好了好了！妳就不要再與妳公公相爭，這是幾百年來的風俗。

生母 婆婆，風俗是可以改變的。我求您了……。（再跪下）

公公 閉嘴！我已經答應徐、江二家。明天就來抱嬰兒。從今以後，斷絕往來。

婆婆 嬰孩養越久，妳會越不忍心送人。

生母 應該要等妳的兒子，從唐山回來，才做決定。

公公 決定？決定甚麼？這個家是我做主；再說，我已經給妳三個月的時間母女相伴，妳不要囉囉嗦嗦！

生母 公公、婆婆，阿爸、阿母，我求您們……

公公 人說「母子葛葛纏，親情斷不離」。走！來去！

婆婆 唉！今日是最後一日了，就給她們母女相伴吧！

（公公憤怒、婆婆不捨、小雲同情。三人同下）

（生母先深陷悲苦中。再逐漸醒覺。再下決心。）

生母（唱）：

恨只恨，拆散母女無情刀；

悲呀悲，雙生骨肉緣分無。

我豈能　屈服風俗來折磨，
我怎忍　害她姊妹隔山河。
不信女人賠錢貨，撐起半天是嫦娥。
對、對、對！
（拿出兩條錦帕，繡字狀）
（唱）：
留下終身兩信物，日後相尋有憑託。
山窮水盡路坎坷，柳暗花明見太和。
（白）好！小雲……小雲，拿烈酒來！
（婢女小雲托盤端酒瓶上，接手抱雙嬰。生母摘下耳環玉玨，又拔下頭釵，在耳環上做刻字狀。）
來！正邊的耳環刻「姊」字，左邊刻「妹」字。
（唱）：
為使雙生減遺憾，親摘玉玨雙耳環。
刻字姊妹情無限，他日重逢夢可圓。
（夾白：小雲，拿烈酒來！）
（以烈酒淋耳環，做消毒狀。再做貫耳動作。）

生　母　為親生骨肉、雙生姊妹，貫耳、戴玉環。
（音效——嬰兒哭聲一）

（音效——嬰兒哭聲二）

生母 惜！惜！阿母惜。來！妳是阿姊、妳是小妹。妳們姊妹要堅強，要記得：「兩玉相合為一珏」；「同根同枝，姊妹相依」。

幕後（唱）：

姊妹雙生同並蒂，飄落天涯在兩地。

兩玉相合為一珏，同根同枝　姊妹相依。

（燈漸收）

（第二場結束）

三　花囤歲月

時　間：今昔交錯。

人　物：老香妹、老嬌妹、嬌妹、香妹、聰敏、滿福、混混甲、混混乙、徐母、唐山客、村民。

（後方，高處，燈區矇矓亮，老嬌妹、老香妹❻暗上）

老嬌妹　原來，妳我是雙生姊妹。親生阿母，用心良苦呀！

老香妹　我們姊妹，分別戴著一邊的耳環，也過著不同的人生。

老嬌妹　花囤女、童養媳，風風雨雨，一步一腳印！老妹，洞房成親前，妳是怎樣過的？

老香妹　我被江家收養，是在深山的農村，長大成人……

（老嬌妹、老香妹下）

（回憶的音樂起，前區燈緩亮，農村田園景。農村男女出場，呈現以曬柿餅、美濃紙傘為主的歌舞。）

眾村民（唱）：

好春光，蒔稻秧，山青水綠映朝陽。

炎夏天，仙草香，熬湯結凍自清涼。

---

❻ 老嬌妹與嬌妹、老香妹與香妹，不用替身，採快速變裝、燈光明暗轉換等技巧，更能營造趣味性、藝術感。

秋風起，柿餅黃，糖甘蜜甜心難忘。
冬日寒，糊傘忙，四季辛勤客家鄉。
啊～～啊～～四季辛勤客家鄉！客～～家～～鄉～～！

村民甲 我們一年四季，無閒三百六十五日。

村民乙 一日十二時辰，我們操勞二十四點鐘。

男村民丙 你們好吃懶做，隨便講講而已。真正操勞的是香妹及滿福……

男村民丁 那一對的兄妹！

男村民戊 未來的夫妻。

女村民甲 香妹是花囤女，臉上有鬼母做記，滿福怎敢娶她？

女村民乙 是呀！江家無錢無勢，才會去抱這樣的花囤女。

男村民乙 ㄟㄟㄟ！聽說會剋夫、還會敗家。

男村民己 你又不是滿福，又不會剋你！

男村民乙 我是為了江家好……

男村民己 關你甚麼事！

雜　口 好了……講人、人到，趕緊溜喔！

（村民一哄而散。滿福、香妹先後出場）

香　妹（唱）：

出養江家慈暉暗，香花零落荒草間。

滿福 柴米油鹽又針線，貧家養女怎清閒？

香妹（唱）：可憐香妹多滄桑，鄰里親人恨不祥。

胡言亂語皆虛妄，風刀霜劍我擔當。

香妹 阿哥！

滿福 妳每日為了我江家操勞，阿爸阿母還是對妳不好，阿哥我……實在捨不得。

香妹 阿哥，俗語講：「親生爹娘暫一邊，養育之恩大過天」，阿爸阿母還願意收我做養女，我已經滿足了。

滿福 等妳正式做我的哺娘（新娘）。我一定會加倍對妳好，不會再讓妳受委屈，讓妳做最幸福的新娘。

（唱）：冬去春來秋夏長，同甘共苦樂同享，

香妹（唱）：阿哥對我情義重。情意綿綿內心藏。

無嫌顏面胎印記，

滿福（唱）：今生與妹恩愛共翱翔。

香妹 阿哥！

滿福 再過沒多久，就要改口了！

香妹 改口……那要叫你甚麼？

滿福 叫我滿福；不然，就夫君呀！

香　妹　才不要咧！

（做鬼臉，嬌羞轉身出場）

滿　福　香妹，妳出世三個月，我二人就做兄妹。未來，我們還要白頭偕老，做幸福的夫妻。

（滿福下）

（後區，燈區矇矓亮）

（老嬌妹、老香妹上）

老嬌妹　雖然萬般辛苦，妳還有一位相意愛的阿兄，真心對妳。

老香妹　阿姊那妳呢？妳過得好嗎？

老嬌妹　我被有錢的生意人抱去。不過……唉！遭遇卻是一言難盡呀！

（回憶的音樂起，後方燈區漸暗。前方燈緩亮，富家景。年輕的嬌妹，富家女粧扮）

（徐母上，專心記賬、打算盤）

嬌　妹（唱）：出養徐家慈暉耀，嬌花綻放在林梢。

阿母！

徐　母　嬌妹，妳這麼調皮，害阿母嚇一跳。

嬌　妹　阿母，您在做甚麼？

徐　母　我在算賬啊！

嬌　妹　您為甚麼要這麼辛苦持家？

徐　母　自從妳父親過世之後，我是一家之主，當然要有人維持家業。

嬌　妹　不過，老古人有說：女子無才就是德，不是這樣嗎？

徐　母　唉……女兒啊，女子還是要靠自己。來，我來教妳。妳看……

（徐母教導狀）

嬌　妹（續唱）：琴棋書畫算盤巧，商家女兒志雲霄～～志雲霄。

（二人暗下，燈光轉換）

混混甲
混混乙（內白）大哥！來去喔！

（混混甲、混混乙與聰敏上。三人皆醉態。）

混混甲　大哥！你醉囉！

混混乙　你黑白講，聰敏大哥是海量，怎有可能會醉？

聰　敏　哼！我當然嘛無醉。你們若不信，我們來喊「酒拳」……

混混甲
混混乙　好！

（三人輪念。二丑插科打諢）

混混乙（念）：【數板】

「一定高昇」

混混甲（念）：「兩榜進士」

聽　敏（念）：「三元及第」

混混甲（念）：「四逢四喜」

混混乙（念）：「五子哭墓」（被巴頭）

聽　敏（念）：「五子登科」、「六連大順」

混混乙（念）：「七子賢徒」

混混甲（念）：「八仙『跳』海」（被踹）

聽　敏（念）：「八仙過海」、「九霄狀元」

混混甲
混混乙（念）：「十全大補」

聽　敏　知你們兩個貪吃。

（念）：「十全十美」啦！

（聽敏與混混甲、乙勾肩搭背，邊走圓場邊唱，至家門。）

聽　敏（唱）：

紙醉金迷，歡場留連，逍遙樂無邊，

四逢八仙，打牌博筊，心情爽快喜翻天。

投胎富家，前生修德真深遠，

揮霍人生多自在，怎驚浪蕩毀家園！

（混混甲、混混乙暗下。嬌妹暗上。）

聰敏 到家了！嬌妹……拿錢來。我要把輸去的錢全部都贏回來！錢……

嬌妹 聰敏阿哥！好賭一家光、好嫖一身瘡，你別做傻事呀！

（唱）：

慈母守寡　千辛萬苦勤持家，
好嫖好賭　宗親恥笑人緣差。
沉浮慾海　損人害己禍難察，
回頭是岸　弘揚家業燦雲霞。

聰敏 哼！聽妳一派胡言！妳呀……

（唱）：

小媳婦　花囤女　管天又管地，
全依靠　娘愛惜　進退無禮儀。
兄長我　教訓妳　有錢才歡喜，
博笅場　酒色池　把握好良機。

（二人爭搶櫃臺上的錢財。徐母暗上。）

聰敏 拿來！拿來！

嬌妹 不要！阿哥，你再賭下去，家裡的錢，就被你賭光光了。

聰敏 妳管我這麼多！妳這個「小媳婦」！

（一把推倒嬌妹，揮手欲打。徐母急出場）

徐母 聰敏！你做甚麼！

聰敏 無！無……

徐母 你拿錢要去哪裡？

聰敏 阿母，您放心，我一定會贏回來！

（聰敏匆下）

徐母：聰敏……聰敏……

（唱）：

酒色財氣心貪忍，天良人性兩無存。
教子無方失分寸，無顏地下會夫君。
百年家業根基損，煙消霧散如浮雲。
烏鴉鳳凰難相混，強配婚姻怎能允？

（嬌妹泣。）

徐母 女人要堅強，不好動不動就啼哭。就算有眼淚，也要往腹內吞。哭，是不能解決事情的！

嬌妹 是，阿母……

徐母 嬌妹，花囤女的命運，是可以改變的。聰敏自小就是敗家子，我怎忍心推妳落地獄，強迫妳與他圓房成婚？何況，妳呀！妳早就有意中人了！

嬌妹 阿母，您……怎會知道？

徐母 我雖然不是妳的生母，好歹我也將妳養育成人！妳呀！與時常來我們店內做生意的「唐山客」相

嬌妹　意愛。阿母我也暗中觀察，他是上進打拚的好青年。阿母願意將妳嫁給他。

徐母　阿母……那您呢？誰來與您作伴？誰侍奉您年老？

嬌妹　我呀……妳不必操想太多。

（徐母拿出一錦帕，嬌妹持讀之。）

徐母　這——「兩玉相合為一玨。同根同枝，姊妹相依」。

嬌妹　嬌妹，這是妳親生母留下的手巾，妳還有一個雙生親妹妹。若是日後妳想找尋她，還有這手巾作為憑證。

嬌妹　阿母，我要一生陪伴在您的身邊。

徐母　憨女兒，「真正母女愛，成全不相礙」呀！

嬌妹　阿母……

（兩人相依偎，再暗下）

（燈稍暗。再亮時）

（聰敏被眾流氓圍毆）

聰敏　兄弟！

混混甲　莫叫兄弟。

聰敏　這賭場是你帶我來的耶！

混混乙　難道你不知道，這賭場就是我們兩個開的嗎？

混混丙　好大膽，也敢詐賭。

聰　敏　詐賭？我哪有？

混混甲　你以前場場賭，就場場輸。今日卻完全反盤，哼！我開這間賭場這麼久，不曾看過運氣這麼好的人，打麻將怎麼有可能……

混混乙　清一色。

混混丙　大三元。

混混丁　大四喜。

混混乙　天胡。

混混丙　地胡。

眾混混　把——把——胡——

混混甲　這不是詐賭，甚麼才是詐賭？

聰　敏　每次我都輸光光，這次讓我贏一點回來，你們卻不……

混混甲　不要囉囉嗦嗦！我們回去！

聰　敏　錢還我！

混混甲　再打，往死裡打！

（激烈打鬥中，混混甲拿一酒瓶，用力敲擊聰敏頭部。酒瓶玻璃破裂的音效響起）

（舞臺燈急暗）

（舞臺燈再亮時，年輕嬌妹身穿大喜紅衣，幽幽獨白）

嬌　妹　為了報答養母的養育之恩，為了照顧兩眼失明的阿兄，我做了最痛苦的決定——與唐山客，斬斷兒女私情。

（前區燈緩亮。）

（嬌妹與揹行囊的唐山客，做痛苦別離身段。）

嬌　妹（唱）：母憂病　兄殘廢，往事不堪盡悲摧，

唐山客（唱）：昔日情　盡成灰，山盟海誓隨流水。

嬌　妹（唱）：家業沉　報慈暉，硬頸鐵肩不推諉，

唐山客（唱）：問世間　情何罪？生死天涯不得歸。

（唐山客為嬌妹蓋上紅婚紗頭巾，轉身，悲痛欲絕的離開）

（燈漸暗）

（鞭炮聲大響。燈漸亮）

（一貧一富的結婚氛圍❼。舞臺暗中區隔為二空間，故意營造強烈的對比。二對新人前後出場。一邊是：香妹與滿福的簡單婚禮，兩人只穿居家的簡單衣服，表情卻幸福甜蜜。另一邊是：嬌妹與瞎眼聰敏的盛大婚禮。兩人很勉強、很不快樂。）

幕　後（唱）：

萬里和風映春陽，滿福香妹配鸞凰。

---

❼ 喜慶音樂起，喜娘／村姑，分別在二邊穿梭，張羅布置喜事，做為墊場。

村民某

粗衣粗布平時樣，歡喜甜蜜入洞房。
人倫情義不能放，嬌妹聰敏湊成雙。
鑼鼓八音連天響，憂愁含淚入洞房。

司儀某 一拜天地，二拜高堂，夫妻對拜，送入洞房……

（喜慶樂聲中，燈漸暗）

（第三場結束）

中場休息

四　百轉千迴

時　間：今昔交錯。

場　景：富家景。

人　物：老香妹、老嬌妹、嬌妹、徐母、聰敏、家丁、丫鬟、醫生。

（音樂起，暗場中，幕後唱）

幕　後（唱）：

玉玨耳環分左右，花囥姊妹話從頭。

婚姻悲喜難參透，百轉千迴使人愁。

（燈緩亮，富家景）

（聰敏出場，眼盲摸索，撞倒東西，翻滾跌倒……又悲又怒。家丁在一旁驚嚇、幫忙、扶持、受氣包、勸阻……。）

家丁甲 少爺！小心點。

家丁乙 少爺！我扶您。

聰　敏（唱）：

歡場博筊起衝突，傷重眼盲恨難除，

配婚養妹安親母，同床異夢情份無。

拿來……拿酒來。我還要再喝。

家丁乙 不可啦！少爺，你從透早喝到黃昏，身體怎會堪？

聰　敏 嬌妹、嬌妹……人咧？人都死去哪裡去了？

家丁甲 回少爺，少夫人出門去收賬兼辦貨。

聰　敏 收甚麼賬？辦甚麼貨？分明是水性楊花、出去招蜂引蝶。

（唱）：

花街柳巷傳歌舞，風月無邊身影孤。

困鎖家中如豹虎，怨天怨地怨家奴。

閃啦……

（聰敏開罵時，嬌妹暗出場，孕婦打扮。家丁迎接，再暗下。）

家丁甲
家丁乙 少夫人。

嬌　妹 聰敏阿哥，不要這樣，我扶你。

聰敏 走！妳欺負我目瞷青瞑？妳欺負我殘廢是嗎？妳……

（唱）：

拋頭露面兼賣笑，人後人前展妖嬌。

婚前勾引唐山客，婚後楊花處處飄。

無奈眼盲多氣惱，心頭算賬不輕饒～～不輕饒

嬌妹 阿哥，我一天到晚，收賬辦貨，還不是為了我們家的生意。

聰敏 為了生意？我看妳，根本就是想要霸占我徐家的財產！

嬌妹 我一心一意，為徐家設想，三從四德，哪一樣沒做到？

聰敏 哼！妳以為妳真的是徐家的少夫人是嗎？妳只不過是我徐家抱來的小媳婦，妳這隻烏鴉永遠不可能變鳳凰。

（怒推嬌妹倒地）

嬌妹 你、你、你……

（唱）：

晴天響霹靂，怒火攻心急。

天良已喪盡，惡言交相激。

哀喲……哀喲……慘囉……（做肚疼痛苦狀）

腹中竟抽痛，地裂又天崩。

倉皇叫阿母，命危風雨中。

母親……母親……

徐母 嬌妹，妳是怎樣了？為何全身是血？來人呀……（丫環、家丁上）快！快去請醫生來。

（徐母急上。）

（丫環扶嬌妹下）

徐母 聽敏，嬌妹怎會變成這樣？

聽敏 關我甚麼事情？

徐母 你是不是動手打她？

聽敏 哼！

徐母 你真的是吃酒吃到狂顛了。（家丁帶醫生上）醫生，情況怎樣？

醫生 情況非常危險，兩條人命只能保一條。你們趕緊做決定，是要救嬰兒？或是保母親？

聽敏 救嬰兒是如何？

徐母 保母親會怎樣？

醫生 若是救嬰兒，還有機會活命；若是保母親，產婦血崩，永遠不會再生。你們趕快做決定。

（醫生、家丁下）

聽敏 救小孩！

徐母 救媳婦！若不是嬌妹一天到晚，為了生意四處奔波，徐家早就被你敗光了。

聽敏 阿母，這本來就是她應該做的，做再多也是剛好而已。

徐母 在我心中，嬌妹從來就不是花囤女，我將她當作親生還更疼惜。

聰　敏　您剛剛沒聽清楚嗎？醫生都說她永遠都不會生了，還留她做甚麼？

徐　母　你這個逆子！

聰　敏　阿母，您不怕斷後嗣、絕香煙？您、您不怕死後，無面去見祖公嗎？

徐　母（唱）：

紅紅幼幼　三月入我懷，孝順溫柔　陪伴笑顏開。

逆子惡言　無情將她害，生死選擇　為母痛難挨。

聰　敏　哼！留小孩！

（唱）：

本是小媳婦，從小無情意，

強摘瓜不甜，怨恨送作堆。

保存我孩兒，血脈可維持，

男人若富貴，四處有良妻。

徐　母　你這個不肖子，目睭青瞑、心肝也青瞑（眼瞎心也瞎）。我是長輩，由我做主。大家聽著！留孝順的媳婦，留我心愛的女兒呀！

（前區燈漸暗。後區燈緩亮。老姊妹在場。）

老香妹　阿姊，後來呢？

老嬌妹（唱）：

命雖救　子難留，遺憾終身恨悠悠！
養母恩　情永久，盡心友孝度春秋。

老香妹　好佳在，有養母疼惜阿姊妳呀！聰敏姊夫，他呢？

老嬌妹　（唱）：
沉迷聲色沉迷酒，苦勸無聽一命休。
無子無夫雙寡婦，宗族欺凌日擔憂。

老香妹　阿姊，為甚麼沒抱養子來傳宗接代呢？

老嬌妹　老妹啊！
（唱）：
男女有別嚴劃分，寡婦只能養花囤。
虎豹環伺須謹慎，一步一險守家門。

老香妹　舊風俗將女人當作賊仔脯，防來防去，真是可恨！

老嬌妹　老妹，妳成親以後，日子過得如何呢？

老香妹　阿姊，這件事情我只對妳說……。
（附耳細語狀。回憶的音樂起，燈漸暗）

（第四場結束）

五 風雲難測

時　間：今昔交錯。

人　物：老香妹、老嬌妹、香妹、滿福、滿貴、眾村民。

（音樂起，燈緩亮，田埂農園景）

（滿福出場，莊稼漢打扮。赤腳，肩荷鋤頭。）

滿福 香妹，趕緊來呀！

香妹（內白）來了！（上）

滿福（唱）：春天拖犁又翻土，

香妹（唱）：夏日施肥多照顧。

滿福（唱）：秋來割穗收好米，

香妹（唱）：

冬至搓圓餵我夫。

滿福　柳丁番麥滿山崗，虱目鮎鮐跳魚塘。
(唱)：紅豆黑麻圓又美，烏龍膨風茶葉香。
青梅竹馬常相依，
香妹　(唱)：夫唱婦隨不分離。
滿福　(唱)：盼望皇天賜麟子，
滿福
春妹　(唱)：花好月圓無缺遺。
滿福　圓房成婚那一天，妳連一只金戒指都無，我實在真見笑(丟臉)。
香妹　阿哥你對我很好，我有你就好了，你還記得我阿母留給我的玉珏耳環。
滿福　可惜，只有戴一邊，不能成一對。
香妹　我的耳環刻「妹」字，戴在左邊。若是找到右邊刻「姊」字的，我們姊妹，就相會了。你看，我還有阿母送的手巾。
滿福　「兩玉相合為一珏」；「同根同枝，姊妹相依」。
香妹　嗯，不知阿姊她過得怎樣？姊妹今生能相見嗎？
(音效——雷聲)
香妹　變天呀！好像要下大雨了？
滿福　香妹，妳去筍寮穿棕蓑、戴斗笠；順便把我的拿來。

香妹 滿福，你赤腳，又拿鋤頭，這是西北雨，雷光閃熠，你要小心一點！

滿福 去！趕快去拿……

香妹 好！小心一點！（下）

（音效——雷雨聲）

滿福 好！不要緊，妳快去拿！喔～～下大雨，土地鬆又軟，這樣比較好掘，連天公伯也來幫助我們。

真是好呀！

（做雨中鋤地身段，融入武功動作。）

幕後（唱）：

從來農穡最苦辛，血汗淋漓換盤飧。

何況風雲本難測，一朝雷打命赴陰。

（音效——雷聲加劇）

（閃電擊中滿福，掙扎、死亡。）

香妹 夫君！

（香妹衝出，丟下蓑衣，驚慌呼救，痛哭哀號。）

（燈光轉換，眾村民出場。背後議論，甚至吐口水！）

幕後（唱）：

剋夫惡名遭議論，只因面上有印痕。

村夫村婦無見識，風言風語烈火焚。

可憐賢慧花囤女，九重地獄苦難申。
罔顧人倫最殘忍，奸謀毒計又翻新。

（燈光漸亮，昏黃。同荒野景，香妹手撫滿福拿過的鋤頭，哀思啜泣。堂弟滿貴，一步步逼近，香妹驚慌。）

香　妹　是誰？

滿　貴　堂嫂。

香　妹　滿貴！堂小叔，是你？你怎麼會入來？

滿　貴　是妳的公公、婆婆，叫我來的。

香　妹　我的阿爸、阿母，叫你來做甚麼？

滿　貴　他們說孤子滿福死了，江家不能沒後嗣。我是同宗的兄弟，所以……嘿嘿嘿……

春　妹　你不要過來……我是你的堂嫂，你、你、你……

滿　貴　妳這個花囤女、小媳婦！妳就是替江家傳宗接代用的。

春　妹　你不要過來……救人，救人呀！

（二人拉扯追逐。香妹拿起鋤頭，極力反抗，但力不能勝，鋤頭被滿貴奪拋。）

滿　貴　堂嫂，來呀！妳跑不掉的。

幕　後（唱）：（搖板）

天旋地轉狂風起，香花飄落染汙泥。
天良喪盡行卑鄙，可憐弱女苦無依。

（震撼音樂中，香妹被強暴。）

（燈緩暗）

（第五場結束）

六　山中情緣

時　間：今昔交錯。

場　景：春日山野景、曠野景。

人　物：老香妹、老嬌妹、春枝、義雄、老管家。

（後區燈緩亮，老姊妹在場）

老嬌妹　（泣）老妹……這樣說起來，義雄不是滿福的子兒？

老香妹　沒有錯！是……滿貴的。後來，我帶著滿福的神主牌，永遠離開江家。可能是同宗同血統，義雄竟然越長大越像滿福。

（唱）：

含冤忍苦生義雄，他與滿福同面容。

悲慘往事散如風，認真教子望成龍。

老嬌妹　義雄敦厚善良，天公伯借著義雄，來補償妳！

老香妹　義雄有忠有孝、能文能武。他還參加義民兵。

老嬌妹　對啊……乙未年（一八九五年）。日本軍，占臺灣，進行「無差別掃蕩」。我帶著全家人，到深山去避難。

老香妹　是呀！兵荒馬亂之中，是義雄救過春枝的性命……。

（音效——警報。後區燈緩暗，前區燈亮。曠野景。）

（眾百姓、日本軍上）

（戰爭場，日軍大屠殺，百姓逃亡。日軍追殺與家人離散的春枝。義雄救之，呵護其逃生。）

（義雄率領義民血戰日軍。激烈武打，各有死傷。）

幕　後（唱）：

馬關條約起災難，百姓流離血斑斑。

義民反抗勢強悍，不屈不撓保河山。

「竹篙湊菜刀」犧牲苦戰，

「無差別掃蕩」血洗臺灣。

日本軍　殺……

（大屠殺百姓）（抗日義民黯然撤退）

暫放干戈　通權達變，

靜待良機　力挽狂瀾。

（燈光全暗，再漸亮。山中春景，氛圍轉換。）

（春枝提竹籃上場，嬌俏青春樣；老管家揹木架上場，又氣又惱又心疼樣。二人趣味互動）

老管家（唱）：天災人禍苦難免，全家避難在山間。

春　枝（唱）：患難之中真情見，戰亂將我兩人牽。

叔公，快快來！

老管家　春枝，妳要跟情人去約會。我偏偏要慢慢行！

（唱）：文武君子救危難，窈窕淑女意綿纏。

春　枝（唱）：天涯咫尺皆遙遠，只求時刻在身邊。

老管家　欸～～講清楚來，是你們兩人談戀愛，不是我做月老，牽紅線的。

（唱）：山清水秀暖春風，初戀女兒面嬌紅。

春　枝（唱）：烽火流離雖艱苦，相逢相識美夢中。

老管家　春枝妳喔……

（念）：【**數板**】

說甚麼，陪我老叔公，挑水剖柴兼採果，

明明是，偷來又暗去，幽會情郎唱山歌。

強逼我，臭耳兼啞口（又聾又啞），瞞天過海跟妳和。

老夫人，若知曉，靜海會起大風波。
到那時，淒慘落魄我一個。
會被剝皮塞粗糠，割肉煮薑絲；
放福菜，下酸筍，湊湊拿去燉火鍋呀！燉火鍋。

（春枝看看天色，開始慫恿老管家走開）

春　枝　嗯！叔公，您休息，先去大樹下，補眠兼啄龜（打瞌睡）。去啦～～

老管家　欸～～我要去剖柴。不剖柴，無火來泡茶煮飯，全家人要吃甚麼？

春　枝　不用啦！有人會替您……

老管家　誰啊？

春　枝　沒有啦！我是說，是我春枝會剖柴給您擔！

老管家　哼！兩隻手無三斤力，也敢講要剖柴。我看明明就是要去會情郎。不過，有年輕人要替我這個老管家做粗工，也不會差。

春　枝　叔公～～

（老管家笑、下）

義　雄（內唱）：

身為義民苦難言，與母相依荒山間。（上）
虎口裡　救春枝　逃出生天，山中匿　情絲萌　愛意綿綿。

春　枝　義雄哥哥～～

義雄 春枝小妹～～來！這水果是我種的，妳拿回去給伯母吃。

春枝 這……承蒙您了。我們一家匿在山中，多謝您暗中照顧。

義雄 應該的。來！咱們來替叔公剖柴。

（二人互動，將剖柴動作，融入歌舞。）

春枝（唱）：

男兒瀟灑存良善，潛龍在淵心向前。

無情戰火人情暖，天賜相逢有宿緣。

義雄（唱）：真心愛慕深如海，奮鬥打拚為將來。

春枝（唱）：花囤責任在身項，兩家相爭苦後代。

義雄 我是孤生子。

春枝 我是花囤女。

義雄春枝 這是最大的困難。

（唱）：

兩母艱辛晟後代，傳延香火全依賴。

嫁出娶入兩不該，情緣藐茫苦無奈。

義雄 春枝，妳放心。等戰爭平息，我回去跟母親說，我母子再到妳徐家商量婚事。

春枝 好～～

（溫柔音樂中，兩人情深相倚偎。老管家暗出場。）

老管家 嗯！哼！柴劏好了未？我可以出來了嗎？

春　枝 叔公……我不是叫您在大樹下歇息一下嗎？

老管家 有啊！不過我剛剛在睡覺的時候，被兩隻大蟋蟀嘰嘰喳喳吵醒了。

春　枝 叔公～～

老管家 柴劏好了未？

義　雄 柴我已經撿好了。叔公，您先行，柴我來挑，快要到門口埕，才換您上肩頭。

老管家 嗯～～年輕人厲害喔，曉得人情世故。所以啊，我今天是甚麼都沒看到。春枝……

春　枝 來了……

老管家 哈哈哈……我甚麼都沒看到……甚麼都沒看到……哈哈哈……

（三人嬉笑，歡喜下）

（燈漸暗）

（第六場結束）

尾聲：人間多愛憐

時　間：同第一場。

場　景：同第一場。

人　物：老香妹、老嬌妹、春枝、義雄、老管家。

（後燈區緩亮，二老姊妹，緩步走向前區，前區燈再緩亮。讓觀眾看清楚是第一場的老嬌妹、老香妹）

老嬌妹（唱）：歲月匆匆四十年，天涯流落兩堪憐。

老香妹（唱）：漫言往事如夢幻，悲苦憂歡怎泰然？

老嬌妹（唱）：兒女婚姻最操煩，出嫁入招兩為難。

老香妹（唱）：怎甘滿福無子嗣？不忍江家斬香煙。

老嬌妹（唱）：百年家業豈能斷？花囤責任代相傳。

老嬌妹 老香妹（唱）：母子相依歷災患，一旦分離難獨全。

（老姊妹、小情侶都兩難狀。老管家上前，對二老左瞧又右望）

老管家 咦！這有甚麼好為難的？兩位老主母的親生阿母，早就教示好辦法了呀！

老嬌妹 老香妹 對呀～～這……

（兩老姊妹先摸耳環，再掏出錦帕，合讀，激動）

老嬌妹 老香妹 這……「兩玉相合為一玨」；「同根同枝，姊妹相依」。

（合唱）：遙想當時，親母懷胎十月整。

老嬌妹（唱）：姊妹雙生，重男輕女被嫌憎。

老香妹（唱）：親父未歸，海天茫茫無影蹤，

老嬌妹（唱）：花囤風俗，斬斷人倫母女情。

老香妹（唱）：幸得慈母，含悲忍淚留憑證，

老嬌妹 老香妹（唱）：兩玉合玨，骨肉相逢非僥倖。

義　雄 春　枝 伯母、母親。（一同跪求）

老香妹 阿姊！我兒子是妳的婿郎。（扶起義雄）

老嬌妹 老妹呀！妳媳婦是我的女兒。（扶起春枝）

老嬌妹
老香妹（唱）：

何須頑固　本是同根同枝生，
徐江婚配　瓜瓞綿綿萬代興。

老管家 姑爺、小姐，你們還不趕緊拜謝兩位長輩。

（義雄拜謝老嬌妹、春枝拜謝老香妹）

義雄
春枝 多謝伯母。

老管家 ㄟˇ～～錯囉！

義雄
春枝 啊！多謝姨母。

老管家 ㄟˇ～～「孤毛子」（冒失鬼）又錯囉！

義雄 多謝丈姆。

春枝 多謝婆婆。

老管家 對！對！對！這樣才對。

老嬌妹
老香妹 哈哈哈～～（各自手挽晚輩）

老管家　（轉身對觀眾，得意狀）這一次，我敢有像——月下老人？哈哈哈～～

義　雄　多謝叔公。

春　枝　江徐呢！

老管家　（故意搞笑）不過呢～～還有一個大問題，妳姓徐、你姓江，生下來的孩子，是要姓徐江？或是

（春枝生氣撒嬌捶打老管家）

春　枝　呵～～您又在煽風點火！

老管家　欸！多幾個像我這樣的月下老人，咱臺灣就不怕會「少子化」（國語）了。哈哈哈……

老嬌妹　哈哈哈！不管是姓徐、姓江、姓徐江、姓江徐，都是甜蜜同一家。

老香妹　是呀！父母對孩兒，不管是親生的、收養的，都應該要惜命命，當作心肝寶貝。

義　雄　生的、養的，兩邊的父母恩情都大如天呀！

春　枝　哈哈哈～～

全　體　哈哈哈～～

幕　後　（合唱）：

今日暢言花囥怨，盼得人間多愛憐～～多愛憐。

連心骨肉親情滿，養育深恩勝血緣。

風雨如晦雞鳴夜，春回大地有情天。

若非兒女情線牽，哪得姊妹慶團圓？

全劇終

新編歌仔戲《寒水潭春夢》

小說原著：王瓊玲〈良山〉

編劇：王瓊玲

製作演出：秀琴歌劇團製作演出

你、我心中都有個寒水潭

王瓊玲

我寫過幾部短、中、長篇的小說，也編過崑劇、客家大戲、京戲、歌仔戲、豫劇、廣播劇。曾有一位記者老朋友問我：「你最愛的是哪部小說、哪齣戲？」我回答：「全是我懷胎所生的孩兒。都愛！怎可能不愛？」他卻立馬提起大刀，狠狠追殺：「這種答案太制式化，無聊兼無趣，我才不要咧！好！那我再問你：你寫得最痛、編的最傷的，是那一部？不准思考，直接回答！」我鼻子一酸，眼淚噗簌簌掉了：「是小說〈良山〉，是用〈良山〉所改編的歌仔戲《寒水潭春夢》。」

是的，我是在戲棚腳下長大的。苦盡甘來的戲，生旦可以當場團圓，人間沒有憾缺，是一般人所喜愛的。

但是，現實人生是這樣子的嗎？

戲劇裡，玉皇大帝身邊，常常有半大不小的孩子。孩子打破了玉瓶，或者對身邊的異性動了一點私慾，一定會受到嚴厲的懲罰。但是，被打落凡間，幾經劫難之後，又可以重返天庭，照樣討得回純真、修得成正果。

然而，人間的孩子呢？追得回失落的過去、討得到自己及別人的原諒嗎？

「一失足成千古恨」對很多人來講，不是一句飄渺的成語，而是一種痛徹心肺的痛悔。

因為，犯下大錯的人，縱使承受了法律的刑責，甚至也得到了別人的諒解；但是，他忘得掉過去、放得下傷悲嗎？暗黑的勢力那麼強烈、那麼廣大，他的人生透得進光亮嗎？

後來，我想起了故鄉的一件往事；也找到了那個隱居的人。

中央山脈的後山，開滿金針花的太平洋海岸。當初失足的少年，現在已垂垂老矣！

我的來訪，免不了讓他驚慌失措。但是，了解我苦苦尋覓的本衷之後，他釋懷了。

海島東岸，空氣裡全是稻穗的清香。藍天湛湛，飄浮著幾朵白雲。被重新提起的往事，絕對是驚濤裂岸的聲勢。

他幽幽又坦率的訴說，像潺湲的秋水。但是悠緩的語調，一沁我心、一入我耳，竟比大嚎大哭還慘傷。

就這樣，他——良山叔，領著脆弱的我，一步一血痕，追憶起荒蕪歲月裡的「寒水潭春夢」。

往事歷歷呀！豈能如露又如電？

那不只是刻骨銘心的記憶，更是腐心蝕骨的哀慟。

眼前，白髮蕭疏的他，永遠是被過去凌遲、被現在鞭打的人。

「幫我寫成小說、演成戲劇吧！」

「很難！……也不忍！」我心淌血，垂低了頭。

「寫吧！一切都慢了、晚了、挽不回了。但是，或許……或許可以勸勸別人、勸勸別人！」他眼中早已無淚。

怎敢推辭？怎能不寫？

於是，我咬疼了牙根、硬撐起被搗碎的心。抵死纏綿，挺進了五十多年前的往事，緊緊挨著、陪著，與那群山野裡的小人物：良山、春花、水源伯、耕土……，做了一場晴光瀲灩又崩天裂地的春夢。

小說完稿後，我仍深深陷於其中，哀哀不止！

二〇一四年，小說集《美人尖》，在大陸出簡體字版了，其中的〈良山〉，得到了藝文界最多的肯定。

海峽的潮汐雖然如常，卻湧來了不少知音的迴響。

一封封親筆函或電子信，訴說著一個個靈魂的痛楚。其中，有傷人的、也有被傷的。

二〇一七年，小說被國立臺灣文學館翻譯成英文出版了。

我收到一封長信，寄自英國倫敦。有個陌生的男人，一字一淚的泣訴他的失足、他的千古恨。

「我做夢也想不到，來自臺灣的小說會喚醒我，叫我去面對我人生的『寒水潭』。我相信我會找到勇氣，也祈禱能得到真正的原諒！」是信的結語。

我再去東海岸找良山。我列印 email 給他看；我翻譯好英文信讀給他聽。

「良山阿叔：你們的故事，感動了很多人！」

他淺淺一笑，淚終於流了下來。流了好久好久，像五十年那麼久！

現在，中篇小說〈良山〉變成了歌仔戲《寒水潭春夢》。既然，你、我心中都有一個寒水潭，是不是可以在演出的當下，也深深的回眸凝望，一步一省思，步步蓮花生呢？

但願，舞臺上的良山與觀眾席中的良山，會陪著我們一起哭一起笑、再一起療傷止痛。

二〇一九年七月四日

寫於高雄大東文化藝術中心首演前夕

人物表

1. 少年良山：十七歲。俊美。母早死。失手誤殺暗戀的春花，被捕入獄，悔恨終身。
2. 中年良山：四十七歲。回鄉，走入痛苦的贖罪之路。
3. 林水源：良山之父。約五十歲。個性善良，任長工，獨力撫養良山成長，卻因良山殺人事件，依民俗，揹春花屍首回家，飽受良心譴責與村民指責。後來，替子贖罪，自殺身亡。
4. 春　花：美麗少女與幸福少婦，單純可親，是良山暗戀之情人，卻死於非命。
5. 耕　土：詼諧頑皮，良山知己，代友盡孝，又對良山進行生命之救贖。
6. 春花母親：中年，約四十歲。喪偶，痛失愛女。老年時，約七十歲。慈愛包容一切罪過。
7. 金　樹：春花丈夫。
8. 其　他：小良山、小春花、六位伴嫁女、老尊長、男女村民、道士、乩童……。

一 慕春送嫁❶

場　景：村庄景。

人　物：良山、耕土、春花、春花母、六位陪嫁女、金樹、男女村民若干、媒婆、小良山、小春花、三頑童。

（燈亮，布幕投山村景）

（喜慶大場面，盛大的迎親隊伍從觀眾席把花轎抬上舞臺。色調大紅，歡樂感，鞭炮聲，鑼鼓嗩吶大響，三花媒婆喜感鬧場。六女嬌美伴嫁。耕土、良山當「小舅子」，護轎送嫁。群體同舞。）

幕　後（合唱）：

鑼鼓八音鞭炮聲，庄頭阿舍❷金樹兄。

庄尾春花貌端正，天作之合迎親晟。

---

❶《寒水潭春夢》的導演是劉光桐先生，協力潤修劇本是米雪老師。皆提供劇本許多寶貴意見，特此銘謝。

❷ 阿舍：富家子弟之俗稱。

媒　婆（念）：**【四句聯】**
郎才女貌是天生，恭喜富貴萬年興。
新娘生婧看現現，夫妻美滿好姻緣。

伴嫁六女（合唱）：
山中一蕊美春花，體貼溫柔眾人誇。
今朝歡喜來出嫁，嬌姿豔麗勝彩霞。

媒　婆（念）：
吉日良時來娶親，叩謝母親養育恩。
（新娘春花出場，叩別母親，母親為其蓋紅頭巾。）
新娘出門身端正，水潑落地轎起行。
（春花母潑水。春花「放扇」落地。大型歡慶歌舞中，娶親隊伍下場。）

幕　後（合唱）：
拜別祖先謝母恩，新娘放扇落土粉。
古禮遵行照人倫，良山送嫁失了魂。
（良山一直神色淒然。此時偷偷拾起扇子，藏入口袋。）
（花轎下，良山隨下，燈暗。）
（轉場。山村景，夜晚，有星月，蟲聲唧唧（音效），悠悠音樂襯底。）

（良山大醉，耕土有醉意，相扶出場。）

耕土 啊！剛剛桌上明明是燒酒，你整瓶拿起來「栽罐」（一瓶一口氣喝完），莫怪現在會醉茫茫。

良山 酒！酒拿來，我想要再喝……再喝……

耕土 哎喲！良山，叫你嫒喝那麼濟（多），你就不聽！你看，看你這款扮勢（樣子），叫我按怎（如何）扶你回去？

良山 免扶，用揹的！你的名叫作耕土。會耕土的，就是大——憨——牛——！

耕土 大憨牛！我——耕土，大憨牛？哎喲喂！還有像喔！會耕土的，不是大憨牛，是啥？

良山 耕土，大憨牛！我、我想要再喝！拿、拿酒來！

耕土 嘿！大憨牛，雖然乖溜溜。看你癲癲醉，氣到抓狂變——瘋——牛。

（兩人醉態，作鬥牛狀，一攻一防。音樂配合。搞笑一陣後，兩人都摔倒。良山悲從中來。）

良山 我的……春花姊姊呀！（哭）

（唱）：晴空萬里雷霆起，落魄失魂苦淒迷。

耕土 （唱）：同村看顧若小弟，就愛祝福才相宜。

良山 （唱）：有伊才有春光景，

耕土 （唱）：無伊也要向前行。

良山 （唱）：有伊枯木能再生，

耕土 （唱）：痴心夢想事難平。

良山 （白）良山我～～

（唱）：

做小舅　送姊入夫廳，

千刀萬割　疼入心肝。

千刀萬割呀～～疼入心肝。

耕　土　（勸戒）良山呀！你嫑再痴情、嫑再黑白想，春花姊姊一向只把你當做小弟疼惜。伊出嫁，咱們要祝福才對！

良　山　春花姊姊，妳為何要出嫁？我不甘、我不要妳離開我……

（良山哀傷、耕土安慰。二人攙扶續走。良山口袋掉出扇子，耕土揀起。）

耕　土　啊！這隻摺扇，這隻明明是新娘的摺扇呀！

良　山　（急搶回）我的、是我的。（將扇貼臉頰）

耕　土　唉！會慘喔！新娘放扇，是在「放性地」❸，你竟然偷揀偷藏，當做心肝丫寶貝！

良　山　嫑管我！嫑管我：我啥米攏無了！春花姊姊，「性地」（個性）那恁好、那恁溫柔！哪有需要放？現在，我只存這隻摺扇、這隻摺扇……。

（撫扇心碎狀。二人相扶至舞臺後區。燈稍暗，進入回憶的音效響起。）

（舞臺前區，燈亮，演出良山的兒時回憶）

（小良山在左區，孤獨徘徊；右區三位小孩吵嚷，準備欺負良山。）

小孩甲　你看！你看！那個剛搬來、不會講話的啞巴囝仔，躲在那裡。

---

❸ 婚俗之一：新娘起花轎時，擲扇出轎外，象徵放掉姑娘家的壞脾氣、壞個性。

小孩乙 伊的名叫作「良山」。伊不是不會講話，是不愛講話啦！

小孩丙 聽說伊沒有阿母！有夠可憐。

小孩甲 可憐你的頭啦！我阿母很像虎豹母，送給你好嗎？

小孩丙 不要，我才不要咧！

小孩乙 欸……你看！他一直在偷看春花姊姊耶！

小孩甲 借我鳥弓，我來射伊。

（小孩乙拿鳥弓給甲，甲彈出，誤射後面的丙，丙慘叫。甲再射，射中小良山。小良山痛叫一聲。）

（小春花急上，抱不平）

小春花 你們這些歹囝仔，又在欺負良山了。我去跟水源伯講，你們就慘了。

（三小孩一哄而散，小春花叫住想躲閃的小良山。）

小春花 良山……良山……你嫑走，我是春花姊姊啦！哎呀！你的眼睛腫起來呀！不要緊，我幫你吹吹……

（小春花細心的幫小良山吹眼睛，並念口訣）來！「目睭公、目睭婆，吹一下，連鞭（馬上）好！」

（小良山無語、靦腆、欣喜）

小春花 良山，你還會疼嗎？（小良山害羞、搖頭）水源伯去做工，無在厝嗎？

（小良山點頭，小春花見狀不捨。）

小春花 良山小弟，你嫑驚惶，我是你的春花姊姊，以後，水源伯不在厝，你就來找我。若有人欺侮你，春花姊姊就替你出頭！來！咱們作夥來唱【掩咯雞】：

（兩人歌舞童謠〈掩咯雞〉）

（合唱）：【童謠：掩咯雞】

掩咯雞，炒白卵。分你吃、分你糖。

黑雞囝，掩密密。找無無，找到一隻老鼠婆。

（良山似醉似醒，起身與回憶中的小春花、小良山共舞。其動作表情與小良山完全相同）

手牽手，去迌迌（遊玩），翻過山，潦（渡）過河。

旋到頭殼玲瓏額❹，歡喜娶到老鼠婆。

（回到現實的音效響起。小良山、小春花暗下。）

（此燈區暗，良山區燈亮。）

良　山　春花……春花姊姊，不要、不要離開我。春花姊姊！

（耕土趨前安慰。良山錯抱，哭喊春花。）

耕　土　良山，山仔，你鎮靜、鎮靜！是我，是耕土……我土仔！阿土仔、土、土……！

良　山　土啊……喔！吐、吐……哇……。

（良山嘔吐在耕土身上。耕土大叫……）

（燈漸暗）

（第一場結束）

❹ 指頭暈目眩。

二 廟埕春怨

場　景：廟埕景。

人　物：良山、春花、水源、村民若干、敲鑼者、金樹。

（燈亮，布幕投影古廟門口）

（寺廟祭典式音樂漸響，民眾聊天或拜拜。）

敲銅鑼者（敲鑼，喊數板，做滑稽動作）：

來！來！聽我槓（敲）銅鑼的報你知：
三十年，大醮做一擺（次）。
傳好五牲拜天公，準備四果拜佛祖，
乾柴要再剖三擔，
迎神過火，家家興旺無禍災～～無禍災。
來！來！來！聽我槓（敲）銅鑼的報你知……

（敲鑼者漸離場，聲音轉小。民眾碎語有關建醮事）

（林水源帶良山出場，良山提紅色「謝籃」及金紙。水源與民眾寒暄。）

民眾甲 水源伯！早安！

水　源 早安！早安！

老民眾乙 水源！帶後生良山來拜拜喔！

水　源 是啦！帶伊來拜拜，加減學一些！

水　源（唱）：

山明水秀人情暖，勞苦長工心自安。

孤單晟養囝大漢，種樹播田顧三餐。

無憂無愁無怨歎，一生坎坷呀我水源～～我水源。

（良山憂思恍神，差一點跌倒。水源扶住，慈藹叮嚀。）

水　源 小心！良山。來！謝籃提乎好。

良　山 是！阿爸，我知。

（唱）：

陪伴爹親來古廟，三十年冬做大醮。

仙佛無爭無煩惱，鄉親祭拜不辭勞。

（春花、金樹夫妻，手提紅謝籃，喜氣洋洋入場。眾人相迎）

女眾甲 哇！新娘仔來了！婧（美）新娘仔來了！

女眾乙 春花，做新娘了後，越來越婧（美），真正是春天婧噹噹的好花蕊！

男眾甲 金樹！你好運娶到春花做婧某。讚！讚！讚！

（良山旁觀金樹、春花夫妻，內心痛楚。）

良山（唱）：

佳人美滿為人妻，青春戀夢怎覺醒。

伊是我的春花姊，怎會變成別人ㄟˇ（的）。

女眾丙 是呀！金樹兄，春花姊是好媳婦，會曉（知道）ㄎㄧˇ家（兜住家），會曉款內底（打理家事），還會曉傳（準備）五牲，拜天公玉帝。賢慧呀！真正有夠賢慧！

雜口 「是呀！」「你兩人足（很）登對。」「春花好命呀！」……

金樹 阿伯、阿姆、大兄、阿嫂！多謝您們的呵咾（讚美），阮家後（我妻子）春花較憨慢，是大家毋甘棄嫌啦！

眾人 哈哈哈……哈哈哈……阮拜好了，換你們拜、換你們拜囉！

（眾人下場，金樹春花前行，發現良山父子。）

春花 啊！水源伯、良山，你們也在這裡！

水源 是呀！金樹、春花，你們新婚尪某也來拜拜喔。來！良山，見禮呀！

良山（勉強）春花姊姊、金樹大兄！你們好！

金樹 欸～～良山，要改嘴囉！若是叫伊春花姊姊，就要叫我姊夫；若是要叫我大兄，就要叫春花大嫂！

良山 這……（兩邊為難！叫不出口）

春花 好了！好了！金樹你就嫑勉強我這位好小弟啦！

水源 結婚是小登科，新人皇帝大。來！頭前這位置，給你兩人排牲禮、拜天公伯。

金樹春花 多謝！多謝水源伯！

水源 來，我來去燒金。（接過良山手中金紙，下場。）

（金樹、春花兩人做恩愛身段兼祭拜。良山旁觀兩人互動，）

春花（唱）：巧梳粧　胭脂紅，新娘暗喜滿心房。

金樹（唱）：似龍鳳　齊飛翔，濃情蜜意溫柔鄉。

春花（唱）：紅龜粿　綠豆椪，五牲傳好拜天公。

金樹（唱）：無災禍　順雨風，天神賜福樂無窮。

（春花、金樹祭拜處燈暗。良山處燈亮，哀傷。）

良山（唱）：

苦相思　心蒼茫，夜夜失眠斷肝腸。

意中人　入洞房，痴心愛恨永難忘。

（水源暗出場）

水源（接唱）：

看良山　精魂動，眼中無神暗悲傷，

向神求　解災殃，保佑我囝無驚惶。

（燈亮。良山迷離恍神）

水源　（喚醒）良山！良山！良山呀！你怎會失神、失神？

良山　（掩飾）喔！阿爸！無啦，我無失神！（金樹、春花暗出場）

水源　無就好、無就好。對了！咱們庄頭三十冬才做一遍大醮。所以，這間古廟，要舉辦「過火」。家家戶戶，攏總要剖三擔柴，捐出來「鋪火路，做火龍」！

金樹　不過，水源伯，我有代誌（事情）要出遠門，三天後才會回來。春花伊若一個人去剖柴，深山林內，青竹絲、飯匙倩、龜殼花滿滿是；大山貓、臭•ㄏㄧㄢ狸（果子狸），咬到人會流血流滴，尚（太）過危險兼粗重。

水源　是呀！才出嫁的新娘，哪可孤單入深山去剖柴？春花的阿娘也會足毋甘ㄟ（很捨不得）！

金樹　水源伯ㄚ，勿知可以拜託良山，陪伴春花阿姊去剖柴否？工錢我會算雙倍給伊。

水源　欸～～講甚麼工錢！良山是小弟，幫忙姊夫、保護阿姊，也才剛剛好而已！

金樹 春花　尚好！這樣尚好，我就放心了！

金樹　良山，你有願意否？

良山　（緊張）我、我、當然、當然嘛好！當然願意！

（燈暗）

（第二場結束）

三　春殘花謝

場　景：寒水潭景。

人　物：良山、春花、二舞者（良山替身、春花替身）。

（寒水潭景）

（二舞者穿砍柴勁裝，扮演良山、春花，配合唱詞，舞蹈出場：砍柴揹柴、扶持走山路、涉溪水、爬高走低、護美救美等身段。）

幕後（合唱）：

山煙水霧，割柴入深埔，
一險一步，坎坷人間路。
爬石崁　閃瀑布，盡展功夫驚失誤。
保嬌娥　藏愛慕，萬丈真情若深水湖。

（一番舞蹈之後，二舞者從右舞臺暗下）

（良山、春花與二舞者相同打扮，左舞臺出。）

（良山對春花的情與慾，由隱匿慢慢浮現、擴大。春花渾然不知。）

春　花　良山，小心！

良　山　春花姊姊，來，我扶妳。

春花
良山（合唱、疊唱、分唱）：

（疊唱）豔天赤日路途遙，（豔天赤日路途遙）

（合唱）日頭曝身「（分唱）**春花**：暖心潮。**良山**：如火燎」。

「（分唱）**春花**：弟來伴姊，**良山**：姊來伴弟」（合唱）眉眼笑。

（合唱）好似細漢聽童謠。

（春花至大石頭處坐下）

春　花（唱）：

脫手籠　解腳帩，手巾搧風熱氣消。

若小弟　免彎繞，頂鈕鬆開涼風飄。

（二舞者出，在舞臺後區高處，演出洞房纏綿身段。）

良　山（背躬唱）：

洞房內　伊眼眉俏，夜夜纏綿渡春宵，

門窗外　我看情挑，柔情似水如花嬌。

春花
良山（疊唱）：尪婿出遠門，（尪婿出遠門）

春花（唱）：小弟相陪艙寂寥。

良山（唱）：小弟心亂如海潮。

（心境慌亂之音樂起，良山侷促不安。春花向前安慰。）

春花　良山，良山，良山呀！你怎麼了？

良山　無！我、我無怎樣……

春花　良山，你這款模樣真像你細漢（小）的時候。

良山　我……我細漢的時候，妳還記得嗎？

春花　當然嘛記得。你細漢的時陣。水源伯去做工，時常不在家，庄裡的歹囝仔常常欺負你。好佳在有耕土保護你。

良山　也有春花姊姊在照顧我。

春花　你喔，小時候就很孤單。

良山　有姊相伴暖心肝。

春花　你足小面神（很害羞），像這樣，常常將我來偷看。

良山　妳怕我見笑，故意教我來念歌。

春花　是呀！良山，來，咱們再來念歌：【掩咯雞】。

（二人歌舞起兒時童謠）

春花（唱）：**【童謠：掩咯雞】**
掩咯雞，炒白卵，分你吃、分你糖。
黑雞囝，掩密密。找無無，

良山（接唱）：找到一隻老鼠婆。

春花（唱）：手牽手，去迌迌（遊玩），

良山（唱）：翻過山，潦（渡）過河。

春花（唱）：旋到頭殼玲瓏額。

良山（唱）：歡喜娶到老鼠婆。

春花（唱）：手牽手，去迌迌（遊玩），

良山（接唱）：翻過山，潦（渡）過河。歡喜娶姊姊，做～～老～～婆～～～。

（良山深情摟抱春花。春花驚疑。良山一嚇，隨即放開。）

春花 良山、良山、你是怎樣了？

（良山更慌亂，不自覺又拿出摺扇。二人強烈的情緒互動）

春花 這是……這是我出嫁的……

良山 這是我的，是我的……

春花 良山！良山！

良山 我甚麼都沒了。這是我的，是我的……

春花 良山？你……

良山 春花姊姊！我從小就很喜歡妳，我不想要失去妳……我實在不要妳去嫁給別人。春花、我的春花姊姊呀！

春花 良山，你……你在亂講甚麼？

良山（唱）：

對姊愛慕深似海，送姊出嫁心悲哀。
癲狂慾火燒腹內，猶墜地獄受刀災。

春花 良山，你……

良山 春花姊姊！我真的很愛妳，妳嫑離開我好嗎？春花姊姊。

（二人持續做強抱、推拒、追逐、閃躲、撲跌、掙扎……劇烈舞臺動作）

春花（唱）：

良山小弟呀，我是你姊姊。
自細（從小）看你大，親情正無邪。
懸崖緊勒馬，莫採良家花。

良山（步步進逼）春花、春花姊姊，我求妳，我不想失去妳……

（唱）：

按捺不住真情意，求姊惜弟發慈悲。
賜我一口甘露水，寧願謝罪魂魄飛。

（再一陣劇烈追逐、推拒。春花怒打良山耳光）

春花 你給我住口！

（唱）：

做人守本份，勿通失人倫。

聽姊一哀懇，寧死保清芬。

（良山強暴春花，春花奮力抵抗。舞者出，激烈雙演。）

幕後（合唱）：

啊～～啊～～！

怪只怪，荒山慾火狂風助，

恨只恨，寒潭水冷救無途。

姊弟情　如水露，鑄大錯　終身誤

悲歎莫名　聲聲哀苦～～聲聲哀苦～～

（春花失足跌入寒水潭）

春花（慘叫）啊～～

（燈暗）

（第三場結束）

四　悔恨交加

場　景：林家大廳、山村景。

人　物：良山、水源、村民若干、耕土、老尊長。

（燈亮，林家大廳景，有祖宗神位。）

（水源燒香、坐立難安。突然大雷雨。）

水　源（唱）：

燒香敬茶公嬤廳，終日心神卻難定。

姊弟剖柴在山嶺，雷陳（嗚）霹靂打門埕。

（良山衝進場，下跪，膝行繞場、磕頭。水源對戲，氣氛緊張悲痛。）

良　山　阿～～爸～～！阿爸！我錯了！我鑄下大錯了！請您原諒、請您原諒不孝囝！

水　源（唱）：

良山跪地兼磕頭，血染衫襟目屎流。

親像（好像）鐵籠的野獸，為父驚惶亂糟糟。

良　山　阿爸！我對不起您！我對不起祖先！我是不孝囝！不孝的囝孫！我無面見人……（捶打自己頭、身）

水　源（唱）：

為何自責恨多多？為何後悔淚成河？

一向溫馴無過錯，怎會靜海起風波？

良　山　阿爸！我要賠春花姊姊一條命；我要陪伴春花姊姊黃泉湊陣行！世間只存您一名。您要保重，我對不起慈愛的親爹！

水　源（唱）：

開嘴合嘴春花名，暴雨滴身雷霆聲。

莫非逆子反本性？（夾白：良山呀……）你要趕緊說實情。

良　山（唱）：

伊喪生　伊喪生，逆天罪惡已造成。

辭別爹親再自盡，來生再續爸囝（父子）情。

來生再續爸囝情～～

（良山痛哭，跪拜磕頭，奔出。）

水　源（淒厲呼喚、欲追喊）良山、良山呀！不准去死！人呀！緊來呀！緊來幫我……

民眾甲（柴夫打扮，衝入報訊）水源伯呀，你家良山在寒水潭，將春花……

水　源　我知，緊、趕緊叫人，幫我掠（抓住）良山，阻止伊呀？

（水源急下。民眾甲大聲呼喊，群眾出場。）

民眾甲　殺人喔！殺人喔！出人命囉！

民眾乙　春花！是春花，春花被良山害死囉！

民眾丙　抓人，抓兇手！抓良山！抓來送去官府！送官府嚴辦！

（燈暗。暗場中，幕後響起：群眾吵雜聲、追趕聲，捉拿聲。）

（燈再亮時。良山一人在場，做胡亂揮刀，痛苦、驚恐、抗拒等身段）

良　山　嫒掠我！嫒掠我！我𣍐逃走。我要去寒水潭！去寒水潭！我要去賠春花姊姊，我要賠伊性命、伴伊上黃泉。

（耕土奔上，一陣拉扯後，逐漸安撫下良山）

耕　土　良山！冷靜、卡冷靜咧！是我耕土、大憨牛耕土啦！

良　山　啊！耕土，是你……你、你來得好，請乎（讓）我再拜託一次（跪地叩求）耕土呀！我的好兄弟呀！

（唱）：

你百般苦勸，將愛放水流。

我害死佳人，罪孽難赦饒。

肝腸寸斷　後悔放聲哭，

愧對知己　跪落土腳兜（地上）。

耕土（痛哭）良山！你為何會這款衝動？你、你害人害自己。你這樣，水源伯、春花母是要怎麼活下去呀？

良山（唱）：
求你耕土　替我盡孝義，友孝（盡孝）我老爸到百年。
良山要陪春花姊，滿身罪惡到陰司。
（夾白：日後呀……）
央（求）你替我　穿麻兼戴孝，捧斗護棺　送我父親上山頭。
大恩大德呀　來世再還報，做牛做馬呀　再還報。
（水源與群眾追上。父子對戲。）

水源　良山、良山，聽阿爸講！不准自殺、不准去死……

良山　阿爸！甚慢了，一切都甚慢了！我會用死來賠罪。

水源　良山，我的憨囝，你若真心懺悔，願意改過自新，阿爸會代替你去向春花賠罪！

良山　未使！未使！（不可！不可！）阿爸，一人犯罪一人擔。請、請原諒囝兒不孝！春花姊姊呀～～等我，我來囉！妳等～～我～～！（舉刀刺胸）
（耕土撲上。水源奪刀。眾人壓制良山。）

眾人　押落去，押來去官府！（眾人押良山下）

良山（淒厲呼喊）阿爸～～耕土乀拜託你～～阿爸～～我的阿爸～～

耕土（扶水源，大喊）良山、良山啊～～

水　源（淒涼痛苦，喃喃獨語）我囝！良山！我囝呀！～～

（燈光轉換。左高臺處，一頂燈獨照白髮、長鬚的老尊長；右另一頂燈，獨照水源。）

老尊長（念）：（蒼老、仁慈又殘酷）

做醮期間求順適，不准沾染枉死的女屍；
處罰林水源潭邊去，揹屍不准入鄉里。
春花半路來枉死，放置土地公廟邊來辦理，
趕趕緊緊，ㄑㄧㄣˋ ㄑㄧㄣˋ ㄘㄞˋ ㄘㄞˋ（隨隨便便），
埋入黃土去～～埋入黃土去。

水　源　是……

（強樂做收）

（燈暗）

（第四場結束）

五　代子贖罪

場　景：寒水潭、山村土地公廟景。

人　物：水源、耕土、春花母、金樹、四位伴嫁女。

（燈漸亮，寒水潭，黃昏景。）

（水源、耕土相扶出場。水源哀痛欲絕，耕土頻頻安慰。春花屍身道具倒臥潭邊大石上）

水　源（唱）：

天地風雨雖暫停，寒潭負罪碎心行。

善良耕土湊相挺，（夾白：水源我呀！）

教囝無方留惡名。

耕　土（唱）：

黃昏日頭漸落山，孤雁悲鳴唱哀歌。

良山腳步來踏錯，耕土無言歎奈何～～歎奈何。

水源（唱）：

良山自細（從小）友孝無惡行，我講的話　句句入耳聽。

一時懵懂失人性，掠入監牢　一定判重刑。

（二人至潭邊，見春花，兩人跪地膝行，慟哭。）

水源（哭喊）春花！春花！我是水源伯呀～～我對不起妳！

（唱）：

花凋春盡留殘枝，跪地哀嚎寸寸移。

永無面目在村里，他人嬌女被囝欺～～被囝欺。

耕土（白）春花姊姊，我土仔啦，我來看妳了，妳怎死得這麼淒慘呀！

（唱）：

新婚尪某當美滿，拆散鴛鴦好姻緣。

善惡是非良山犯，良山呀～～怎可粗殘害嬋娟？

水源（白）春花呀！

（念）：

是我教囝無方，是我害妳命喪。

黃泉路上妳先往，替囝贖罪我承當。

替囝贖罪呀～～我承當。

耕土　水源伯！你在講啥？我怎麼都聽無。

水源 無、無啦！我無講啥。來！我來揹春花。耕土，你湊幫忙。

耕土 水源伯，我來揹啦！

水源 不！我來，由我來。

（耕土以白布遮蓋春花面容，再幫忙水源揹上。）

耕土 春花姊呀！妳身軀要放軟一些，我們帶妳回去。

水源 春花呀！妳就跟著水源伯回去。

（悲傷音樂中，二人扶持走圓場。）

（轉景，後方布幕投影土地公廟景。）

（四位伴嫁女換白服，陪春花母從後方哀傷緩慢出場。）

幕後（合唱）：

歡喜洋洋才伴嫁，紅衫紅轎紅面紗。

知心少女手巾丫伴（知己），狂風吹落春花已凋謝。

水源（唱）：

恨只恨　逆子良山逞野蠻，

哀呀哀　春花枉死復生難。

痛呀痛　人間慘變一瞬間，

悲呀悲　娘親等囡淚漫漫。（平聲ㄇㄢˊ　ㄇㄢˊ）

（水源、耕土將春花放置長板凳。）

春花母 （悲樂大起，春花母奔跌向前察看，確認是女兒。大悲摧）（哭喊）春花，春花，我的查某囡（女兒）～～（唱）：
嬌女出嫁才新婚，怎能喪命斷了魂？
天理昭昭豈能問，一生寄託了無痕。
一生寄託呀～～了無痕！

春花母 春花，我的春花……（水源下跪）

水源 是良山的過錯，是我的不對！

春花母 （淒厲）林水源，你要記得：是你的後生，害死我的查某囡！是你的後生，害死我的查某囡！春花，我的心肝囡呀！（金樹行旅裝扮，趕路，跌跌撞撞，衝進場。）

金樹 （驚慌痛苦）春花、我的妻～～我的牽手，我趕轉來囉！妳在……？（伴嫁女之一，哭指春花處。）金樹撲抱，大悲痛）春花！妳起來，妳起來呀……春花，我的家後、我的某囝……（全身顫抖，轉跪問春花母）丈姆呀！春花、春花伊～～是啥人害死伊？是啥人害我家破人亡？是啥人害您無倚無偎？啥人？是啥人？丈姆呀！

春花母 （手指水源）是伊！是伊的後生良山，害死你妻兒、害死我的查某囡～～（金樹起身，步步逼近水源。）

水源 金樹，我……

（金樹揮出一重拳，水源重跌在地。金樹繼續要暴打，耕土以身遮擋、保護水源）

耕土 金樹大兄，您要打，打我就好。水源伯老了，堪受不起的呀！

金樹 （淒厲哭喊）你們賠我春花，賠我牽手一條命。春花、我的某囝！啊～～啊～～

（燈全暗。轉場，暗場時幕後唱）

幕後（合唱）：

一失足呀成千古怨，為囝（子）贖罪林水源。

爸囝（父子）親情有何限？一江春水流未完。

（燈亮，野外景）

水源 （蒼涼悲慟，哭求）所有的鄉親，是我林水源教囝無方，我會用我這條性命，向你們來賠罪。但是，我要拜託大家——有一天，良山若有機會再回來。拜託大家給他重新做人的機會……我懇求你們、我拜託你們啦！……

（唱）：

阮良山出世無老母，伊是我林家唯一的後嗣。

血債難還地獄赴，

（夾白：我要拜託鄉親讓我囝）

改過自新呀～～罪孽除！

（向天地四方行叩拜大禮）

幕後（合唱）：

啊～～啊～～

情天慾海起風湧，世路崎嶇永難平。

爹親贖罪捐性命，囝在監牢不知情～～不知情。

水源（淒厲長聲大喊）啊～～

（水源向上空拋長白綾。白綾凌空吊飛，紅燈獨照之。其他燈全暗。象徵水源自縊身亡。極度震撼的音樂之後，換憂傷之音樂。）

（燈暗）

（第五場結束）

六　為友盡孝

場　景：村庄景。

人　物：老尊長、鍾馗、送煞人員、耕土。

（燈漸亮。）

（耕土光區亮，穿喪服，悲淒，捧香斗。香斗裡插神主牌及大支香。同時間，鍾馗率盛大的隊伍，進行隆重、莊嚴又肅殺的送煞儀式。）

耕　土（唱）：

與你良山非兄弟，友愛深情大如天。

捧斗哭墓　為你盡孝誼，禁鎖監牢　到底死抑生。

禁鎖監牢呀～～到底死抑生。

（前燈稍暗，後光區，頂燈照老尊長。神祕詭譎之音樂起。）

老尊長（念）：

水源自盡煞氣重，吊死冤魂即要「送肉粽」。
天師驅魔子時送，保護庄頭無災殃。
焚香燒符鍾馗降，家家戶戶　關門鎖門窗，
剖樹剖椅、麻索燒灰，送去寒水潭。
男人打鑼兼摃鼎，趕走妖魔與惡煞。
避免捉交替，送走林水源！
潭水向東不回頭，冤情怨氣四散流呀！四～～散～～流～～

（燈亮）

（以「象徵手法」進行「送肉粽」（送煞）的民俗儀式：鍾馗以法力鎮攝全場。民眾再砍樹，以銀紙點火，燒掉所有自殺的工具（麻繩、白布、樹木）。再將焚燒後的灰燼，送去寒水潭，丟入潭水，流向大海。象徵噩運已終結，冤情隨水流逝。）

（儀式最後。鍾馗率領兵將步步進逼，耕土邊退走、邊哭喊，替水源伯嗚冤。）

耕　土　（痛苦，哭喊）水源伯呀！水源伯呀！您不是冤魂惡煞，您𣍐傷害咱庄頭，您𣍐「捉交替」。您只是一位傷心的老爸、偉大的父親呀！水源伯呀！水源伯呀！……

（燈漸暗）

（第六場結束）

中場休息

七　人間情義

場　景：山村景。

人　物：金樹、新娘、春花、春花母、媒婆、伴嫁女、耕土。

（舞臺燈漸亮。投影寒水潭春天美景，但雲煙繚繞，燈光朦朧特殊處理）

（字幕打出：三十年後）

（春花未現身，聲音全部用 Echo 迴音處理。唱第二句時，春花老母出場，粗服亂髮，在寒水潭邊徘徊。）

春　花（唱）：

雙十年華正青春，嬌姿出嫁喜臨門。

狂風暴雨摧殘盡，寒水潭邊一孤魂。

（春花未現身舞臺。春花母恍惚中，與女兒隔空對話。）

春花母 春花……。

春　花 阿母……。

春花母 阿母！這寒水潭邊，百花盛開，實在真婧、真美麗！

是呀！咱母囝，同心來採花，巧手做香袋，祈求我的查某囝出嫁，幸福美滿，一代傳一代。

（春花嬌俏少女打扮，出現在左方高臺燈區。）

春　花 （唱）：

春日光景春日風，待嫁女兒面嬌紅。

母囝挽花山嶺上，兩姓合婚喜融融。

春花母 春花呀！

春花母 （唱）：

辛苦晟養兼栽培，親生嬌女婧如花。

金樹和妳真適配，完成良緣成一家。

春　花 （害羞）阿母～～

春花母 來！那邊有花。

春　花 嗯！我來挽……（母女深情對唱）

（唱）：一採玫瑰雙蕊嬌，

春花母 （唱）：永浴愛河歲月迢。

春　花 （唱）：二採桂花與香蘭，

春花母（唱）：蘭桂齊芳囝孫歡。

春　花（唱）：三採蓮花與芭蕉，

春花母（唱）：恩愛夫妻渡良宵。

春　花　阿母！（害羞撒嬌）

春花母　欸！查某囝若長大了，就是要出嫁，有甚麼好歹勢（害羞）？憨查某囝咧……

（迷離音效響起，春花離場。春花母擁抱、撲空）

春花母　春花～～春花～～（不捨）

（舞臺再切割為前後二區。春花母在前區演出、迎親隊伍在後區演出。雙方一前一後做完整又緊密的互動。）

（鞭炮聲起，喜慶鑼鼓嗩吶大響。舞臺後區，花轎抬出，金樹大搖大擺在轎前。）

（前區，春花母詫異又悲痛，叫住眾人。後區，迎親隊伍停住。）

春花母　金樹啊！你……你現在這樣，是在做甚麼？

金　樹（驚惶）啊……丈姆！（新娘鑽出花轎，對金樹抗議。金樹立馬改嘴）喔！阿姨……

春花母　啥？你叫我阿姨？你叫得出嘴……（在前區打金樹一巴掌，金樹在後區做反應：摀臉）

（唱）：

春花往生未對年（未周年），你紅燈結綵敢對時（豈正當）？

你呀　你對春花真不起，我這個丈姆　竟然變阿姨。

新　娘（唱）：（強勢爭辯）

金樹還擱真少年（還很年輕），神主罣礙結良緣。
人死事實免擱（再）演，拜那塊柴頭（神主牌）太假仙。

春花母 給我住嘴！金樹呀～～
（唱）：
阮乖女命薄是天意，好歹也是你的原配妻。
你不拜春花的神主，不該將祂丟落寒潭池。

金　樹（念）：過去是死未來生，再提往事不相宜。

新　娘（念）：春花既死就斷乎離（斷乾淨），伊擱（再）去投胎做好命兒。

春花母 你們兩個這麼沒良心……。

新　娘 要不，妳想要怎樣？今天是我們在辦喜事，妳嘜在這裡觸霉頭。妳要認清事實，春花伊不會再回來了。伊已經死了！

春花母（摀耳，悲痛）嘜再說了！嘜再說了！

新　娘（怒）走！起轎啦！
（迎親隊伍漸下。）

春花母（悲喊）金樹！你給我回來，你怎麼這對待我的春花？春花！我可憐的查某囡，妳怎死得無依無偎（靠）。春花，我的春花～～
（春花母唱時，舞臺後區配合曲文內容，依序出現：母親搖嬰仔、小女童與母親玩耍、母親教少女梳粧、母女相倚偎……情境的演出。）

（唱）：
回想妳　四月大，厝邊隔壁　祝福來收涎。
紅紅幼幼把妳搖、把妳疼，
七坐八爬九發牙，咿咿呀呀叫阿娘。
度晬外（周歲多）手扶壁，一步一步在學行。
十五轉大人，教妳梳頭鬃。
十七當青春，門口蜂蝶亂紛紛。
二十送妳嫁，盼望早生好囝孫。
好囝孫～～好囝孫～～好囝孫～～
（春花母哀泣。耕土暗出場，趨前安慰。）

耕　土　春花母呀，我就知道您一定又來寒水潭。唉喲……您又哭了。春花姊已經死這麼多年了，您怎麼還一直在哭伊？

春花母　耕土呀！春花伊死得無依無靠，伊足（很）孤單，伊會怕，我來這裡陪伊。你去，別管我啦！（轉過身，繼續緬懷女兒）

耕　土　（咬牙切齒，喃喃亂咒罵）良山呀！都是你這臭小子，你都不要被我遇到，若被我遇到，我一定把你剝皮斷尾；把你銅錢割，割得你皮皮剉，把你……把你……

春花母　耕土仔，你在罵誰？

耕　土　就罵那個可惡的良山呀。

春花母　唉！你不要再罵伊了。其實……良山這個囝仔，本性其實不壞，我一直想不通，為何他會無緣無故害死我的春花？我真是想攏無、想攏無……。

耕　土　良山，伊絕對不是故意的！

春花母　是呀！我早就知道的……喔！對了，耕土，你看……（從口袋掏出一小布袋，打開。）

耕　土　哎喲～～春花母，您哪有這麼多金子？

春花母　就幾天前，有一個人，把這一包偷偷放我門前。

耕　土　哪有這麼好？那個人是誰？您熟識嗎？

春花母　我一開嘴叫他，他起腳就跑，不知是誰。不過，看那個背影，感覺很熟識，真像……

耕　土　像誰？

春花母　嗯……很像、很像林水源……

耕　土　哎喲～～母ㄟ，別嚇我……不過，像水源伯……

（二人互望、震驚，同時猜測到）

春花母
耕　土　是——良山？他出獄啦？

（燈漸暗）

（第七場結束）

八　故鄉與故知

場　景：墓場或荒野、寒水潭。

人　物：中年良山、耕土、春花母。

（燈緩亮，布幕投影荒野墳場景。後右區置水源墓。）

（良山中年扮相出場。）

良　山（唱）：

歲月匆匆三十年，陰陽生死兩傷悲。
出監閃匿他鄉里，往事糾纏苦無邊。
（帶白：春花、春花姊姊！我、我良山真對不起妳！）
未滿十八死刑免，苦關監獄二十年。
三番兩次求解脫，防範森嚴盡枉然。
重見天日非所願，不敢回鄉只拖延。

三十循環廟做醮，尋親找墓淚漣漣。

（找到了林水源的墳墓，哭、奔、跪）

林～～水～～源～～……阿爸……

（念）：**【四句聯】**

爹親自盡為囝兒，不孝悲慟透心摧。

晟子栽培全白費，良山悔恨自己捶。

阿爸～～阿爸～～（悔恨、捶胸）

（耕土出場，中年扮相，提一紅謝籃入場。呼喚良山，良山羞愧閃躲。）

耕土　良山～～良山～～你在叨位（哪裡）？在叨位？

良山　（驚喜又難堪）耕土？是伊！啊！我、我哪有面目見伊……。

（兩人對戲，一尋一躲，悲涼又帶戲謔的舞臺效果。）

耕土　良山呀！出來！你嬡再匿呀！你可知道我有多想你？良山呀～～你是在跟我捉迷藏嗎？趕緊出來啦！良山～～

（唱）：

知影（道）你　含羞帶愧回鄉里。

耕土我　那走那行（連奔帶跑）無延遲。

三十冬　煩惱你　毋知生抑死。

你找父墓　盡孝誼　孤囝尚（最）哀悲。

耕土　（找出良山。良山以袖遮臉，羞慚。兩人對戲。）

（驚嚇、誤認）哎喲喂！水源伯呀……（再確定）不！你是良山。良山呀！我足想你咧……

良山　不！我不是良山！你認不對人。

耕土　欸！咱兩人是穿開腳褲作夥大漢的。就算你化做白骨，我這一世人也認得出良山你呀。

良山　（大悲痛）化成白骨的，不是良山；是、是春花姊姊，是我的阿爸……

（唱）：

腐身化白骨，不是良山阮。

失手害佳人，悔恨永留存。

爹親赴黃泉，陰陽難相問。

今日才會悲慘找孤墳～～找孤墳～～

耕土　良山！良山啊！「仙人打鼓有時錯，腳步踏差誰人無」？你若再自我綑縛，是會變作一隻大憨牛的呀！咦！大——憨——牛——，良山呀！難道你連我這隻大憨牛，也不要相認了嗎？

良山　大憨牛！耕土～～我的好兄弟呀～～

（二人相認、擁抱、痛哭）

耕土　良山，良山呀！

（唱）：三十年　盡悲哀，相逢歡喜在心懷。

良山（唱）：監獄場　生死臺，千辛萬苦才出來。

耕土（唱）：離監牢　人何在，日思夜想費疑猜。

良山（唱）：遠走閃　東邊海，金針木耳用心栽。

耕土（唱）：回故鄉　今才來，墓牌年久發青苔。

良山（唱）：不孝囝　找亡父，水酒三牲祭一擺。

耕土（唱）：臆（猜）你來　牛無獃，謝籃安放神主牌。

（耕土掀謝籃蓋，端出寫林水源的神主牌。良山一見，大喊「阿爸」，跪地痛哭。）

良山（唱）：見我父　恨難解，聲聲呼喚人不在。

耕土（唱）：送山頭　我捧斗，三十年來逐日拜。

良山：（痛呼）耕土，我是要如何，才能報答你呀！

（唱）：大恩情　來世還，做牛做馬我應該。

（良山拜跪耕土，耕土搶扶住）

耕土　甚麼報答？三八兄弟才這麼講。還有，大憨牛是我，你嫑來搶我的飯碗。做馬做牛，無人比我卡專才。（拉著良山，二人開始走圓場）行！來去我厝內，我介紹阮某（我妻）給你認識！我們尪某（夫妻）感情非常的好。阮某很會生，生囝就像在生雞蛋。來！你聽我講：

（念）：

我啊！娶到一個勢（很會）生某，

年頭生查某、年尾生查甫。
明年巜再湊雙生，一冬幾外ㄟˇ（一年好幾個）。
十二生肖生透透，又再從頭來，排著搖。
唉！我這隻大憨牛呀！
踣落囝兒坑，只好拼命去拖犁。
（良山被逗笑，指著耕土）

良山 真正是幸福的大憨牛！

耕土 （背躬，吐一口大氣，兼擦汗）喔！會笑，會笑了！伊一定三十冬不曾笑過！（再問）良山，啊～～
你咧？你有娶某否？你生幾個囝仔了？
（哀傷音樂起）

良山 （羞愧、誠懇又懺悔）我、我、我……唉！
（唱）：
問到男人見笑代（羞恥事），心憂面紅口難開。
寒水潭邊若猛獸，失慾無能卻是三十秋。

耕土 （震驚、疼惜、自責掌嘴）哎呀！真慘！我是「六月蚼，開嘴臭」。該問的不問，不該問的問一堆。
良山，失禮啦！

良山 好兄弟，不要緊！耕土，我問你，金樹大兄～～伊……

耕土 喔！金樹大兄伊呵～～

（念）：

還未百日娶家後（娶妻），原配神主寒潭拋。

續來搬離咱庄頭，生囝傳孫起大樓。

良山 啊！春花姊姊，都是我害妳的！

耕土 往事勿再提了……對了！回家前，我先帶你去看一個人。來，從這裡行，抄小路比較近（二人續走圓場）

（布幕投影，轉換寒水潭景。良山一見激動）

良山 （悲慟，憶往）寒水潭……寒水潭……！

（唱）：

寒水潭　孤單往，悔恨我喪心病狂。

天與人　相對抗，冷水浸身滅幻想。

來回望　失方向，水天一色兩茫茫。

大石邊　暗哀傷，罪孽糾纏縛豺狼。

（良山拿出久藏的摺扇，跪地，痛哭）

良山 春花姊姊……

（春花母緩緩出場，發現良山。二人驚駭互望。良山羞慚，無地自容。春花母先掌摑良山，接著，一直捶打良山，直到無力癱軟，痛哭。再慢慢張開雙手，接納並原諒良山，二人互擁。）

良　山　（悲慟、感恩、大喊）春花母呀……

（燈漸暗）

（第八場結束）

九　歲月靜好

場　景：村庄廟埕口。

人　物：良山、耕土、老尊長、村民、敲銅鑼者、春花母。

（燈漸亮，布幕投影古廟大廟埕。）

（暗場時，建醮大鑼、大鼓、嗩吶等喜慶音樂大起。）

（燈亮。）

敲銅鑼者（念）：匡！匡！匡！大家來，

由我槓（敲）銅鑼的，報你知。

三十年前，是我老爸；三十年後，由我來。

三十年冬，大醮做一擺（次），

迎神過火，家家興旺無禍災～～無禍災。

來！祭典開始～～，準備起鼓～～

（四女敲喜慶大鼓。舞獅、雜耍特技出場。民眾叫好歡呼等。）

（地板上先鋪好過火儀式所需之「火龍」（特效處理過，有火光、會冒煙）。一武行演員，拿大把香束，做廟會「請金」、「引火」、「灑香灰於火龍」等精彩動作。）

（祭典的動作，配合下文的唱詞進行：道士出場做勒符、念咒、撒米鹽於火龍上的動作。道士高舉黑令旗、衝開火路；乩童隨後；武行抬鑾轎，衝火旺；接著，男性民眾赤腳過火等。舞臺要兼具力與美的效果。）

幕後（合唱）：

做醮過火　保鄉護全臺，大把「靖鹽」撒落來。
雷電火石消禍災，吉祥好運年年開。
黑令旗　做先鋒，開火路　向前衝，
宏圖大展年年豐。
扛鑾轎　衝火旺，妖魔鬼怪全阻擋。
天神賜福達八荒。
脫赤腳　來過火，風調雨順人平和。
添丁發財幸福多。

（大熱鬧中，春花母牽良山與耕土出現。良山畏懼退縮。春花母堅定、鼓勵）

眾人　啊！春花的阿娘來呀！春花的阿娘來呀！

（民眾先懷疑，後逐漸認出良山！氣氛緊張肅殺）

民眾甲 咦！春花母牽的人，怎麼那麼像水源伯？

民眾乙 啊！是水源伯的後生……

民眾丙 是良山？良山伊，竟然敢回來咱的庄頭……。

女眾丁 良山，就是害死春花與水源伯的那個人。

老尊長 咱們庄內做大醮，這麼不清氣（污穢不祥）的人，不能讓伊入來，把他趕出去。

全　體 趕出去！趕出去！……

（良山左閃右逃，痛苦倉皇。耕土一直保護、辯解）

男群眾（唱）：伊是殺人兇手林良山！

女群眾（唱）：是伊害死春花姊姊血斑斑！

男群眾（唱）：伊是害死水源伯不孝的人！

全體群眾（唱）：伊是殺人犯！

（眾人激烈指責良山。良山被逼圍。神轎起駕，進逼良山。）

（良山被逼到角落哀哭）

（春花母先阻擋眾人。合掌膜拜神駕。神駕漸平。場上眾村民也稍稍平靜。）

春花母（慈愛安撫）良山……

（唱）：

無形枷鎖鎖心房，事與往日不相同。

雖揹惡名千斤重，放下過錯重做人。

良　山（唱）：
無言面對父老親，春花母親來開恩。
我惱我氣我自恨，滿身罪孽沖煞神。

耕　土　甚麼叫滿身罪孽？甚麼叫沖煞神？你們這些鄉親呀！（激動、申辯、捍衛良山）
（唱）：
神明慈悲渡眾生，怎會將伊來看輕？
水源伯做人人欽敬，為囝贖罪命已還。
誰人一生沒過錯？誰人一生沒風波？
誰人一生沒災禍？誰人為良山呀～～來開道？
（悲悽音樂起，眾人有被軟化的樣子。春花母牽起良山手，來到「火路」前。）

春花母　來！良山，過去是死，未來是生。眼前這條路就算再坎坷難行，你也要勇敢行過去！

良　山　我，我……

耕　土　是啦！行！行過去……
（眾人讓出一條路，讓良山過火。良山一再遲疑。有一個小孩（象徵純真、新生）走向前牽住良山的手，指向火路）

小　孩　來，行過去！勇敢行過去！
（春花母點頭示意；小孩不斷雀躍鼓勵。耕土幫良山脫下鞋，鼓勵良山「過火」。）

小　孩　來，來呀，行過來，行過來……

（良山鼓起勇氣，一步一艱難的走上火路。走幾步後，跪下，膝行）

幕後（合唱）：

寒潭水清息風湧，
水清魚現釋寒冰。
潭邊花開美光景，
春花母親雙手迎。
夢醒火光獻光明。

（跪行至火路中央，似乎看見春花姊姊、水源伯對他微笑。良山亦喜亦悲，用盡全力哭喊）

良山　阿爸！～～春花姊姊！～～

（燈漸暗）

全劇終

國家圖書館出版品預行編目資料

凡塵摯愛：王瓊玲劇本集／王瓊玲著.——初版一刷.
——臺北市：三民，2021
面； 公分.

ISBN 978-957-14-7280-5（精裝）

854.4　　110014316

凡塵摯愛——王瓊玲劇本集

作　者	王瓊玲
責任編輯	王姿云
美術編輯	杜庭宜
發行人	劉振強
出版者	三民書局股份有限公司
地　址	臺北市復興北路 386 號 (復北門市)
	臺北市重慶南路一段 61 號 (重南門市)
電　話	(02)25006600
網　址	三民網路書店 https://www.sanmin.com.tw
出版日期	初版一刷 2021 年 11 月
書籍編號	S980191
ISBN	978-957-14-7280-5

三民書局